四号警備

新人ボディガード久遠航太の受難

安田依央

集英社文庫

四号警備　新人ボディガード久遠航太の受難

1

箱の中にいた。

少年の身体がようやく収まる程度の窮屈な木箱だ。不自然な形で手足を折り曲げている。指も唇も乾燥してカサカサだ。絶え間なく砂が流れ込んできて口の中でざりざりと音を立てた。

エンジン全開で砂漠を走る車は車体を激しく揺すられ、バウンドを繰り返す。木箱の中で少年はあちこち身体を打ち付けていた。

その時だ。耳をつんざく爆発音が轟く。

絶え間ない銃声、異国の言葉、怒号。

次の瞬間、ドンと突き上げるような衝撃があり、木箱ごと逆さに投げ出された。

衝撃のせいか木箱が歪み隙間ができたようで外の景色が細く見える。

見知った男の顔が近づいてくるのが見え、ほっとした瞬間だ。太陽を受け刃物がぎらりと光る。ブンッと空気を切る音がして、男の首が飛んだ。こちらに笑いかけようとした不器用な笑顔そのままに。彼の血で視界が真っ赤に染まっていく——。

「うわぁぁっ」

久遠航太は跳ね起きた。心臓が激しく波打ち本当に絶叫した後みたいに喉が痛む。

「またあの夢か……」

ロフト型になったベッドの上で顔をこすって、ぶるぶると首を振る。

いつ頃からだっただろう。航太は同じ夢を何度も見るようになっていた。

木箱に入っているのも、砂漠で人の首が飛ぶのも謎だ。何かの映画で見たシーンだろうかと思うが、思い出せない。

何よりも、目覚めた後には決まって凄まじい絶望感が残っているのだ。

ひどく悲しく、心細かった。

時刻を見ると朝の四時だ。まだ早いがとても寝直すことはできそうにないので、ロフトベッドのハシゴを下りて顔を洗うことにした。

窓辺に置いたストームグラスを見ると、白い結晶が大きく育っている。

「ん、調子いいな」

少し気分が良くなった。

ストームグラスとはガラス容器に液体が満たされていて、天候の変化によって中の結晶が形を変える神秘的なオブジェだ。

昔は天気予報に使われていたというが、正直何をどう見るのか分からない。ただ、目を離した隙に勝手に形を変えているのが楽しくて航太は気に入っている。ペットを飼うことが難しい今、自分以外の何かが部屋にいるような気がして寂しさが紛れるのだ。

四月の早朝だ。水を一杯飲んでジョギングに出かけることにした。

雨あがりの澄んだ空気の中を走る。

航太が住むのは清澄白河(きよすみしらかわ)。都営地下鉄大江戸線と東京メトロの半蔵門(はんぞうもん)線が交差する、いわゆる深川(ふかがわ)と呼ばれるエリアだ。

昔ながらの下町情緒が残る街並みに、ブルーボトルコーヒーの日本一号店や古いアパート兼倉庫を改造したフカダソウカフェといった、おしゃれなカフェや雑貨店が点在している。

川と運河に囲まれ、いくつもの橋がかかっている。

街に漂うコーヒーの香り。現代アートと江戸の粋がモザイクのように交差した街だ。

大学入学と同時に上京した航太はしばらく学生寮で暮らしていたが、三年生の春にたまたま見つけた清澄白河の格安物件に移り住んでちょうど三年になる。

カンカンと音がする金属製の外階段を登った二階の1Kの部屋だ。日当たりはあまり良くないが、階下に住む大家の老夫婦がとても優しく、居心地の良さから本当は卒業と同時に引き払うつもりだったアパートに今も住んでいるのだ。

いや、違うかと思いなおす。卒業と同時に進むはずの進路予定が狂ったせいでもあった。

加速する。はっはっとリズミカルな呼吸音。小鳥のさえずりと風の音が流れていく。

やがて古い石塀の続く一角にさしかかった。この街はお寺が多く、石塀の向こうは墓地で古い卒塔婆（そとば）を束ねたものが突き出している。

風に乗って線香の香りと、近くのパン屋だろう、焼きたてのパンのいい匂いがした。観光客も来ない時刻だ。

日曜日でもあり、早起きの住人が家の前に並んだ植木鉢の手入れをしている。

「おはようございます」

走る速度を少し緩めて挨拶すると「ああ、おはよう。今日も元気そうだね」陽気な返事が返ってくる。

そのまま東に進み、木場（きば）公園に向かう。

「あれ？」

航太は思わず速度を落とした。

うっすらとした違和感があるのだ。

匂いだろうか？　周囲を見回す。

アスファルトが含んだ雨の乾いていく匂い、四月半ばの少し冷えた大気と寺社の緑が呼吸する匂い。それらに混じって嗅ぎ慣れないものを感じた。

香ばしいような煙いような匂いだ。一瞬どこかでバーベキューでもしているのかと思ったが、こんな時間にそれはないだろう。

と、誰かの叫び声が聞こえ、航太は迷わず声のする方角へ向かった。

　一戸建ての家々が並ぶ細い道を走り抜けていく。二つ目の角を曲がった瞬間、目の前に拡がる光景に息を呑んだ。二階建ての家屋から灰色の煙が上がっている。

「水だっ。急げ」

「一一九番は⁉」

「消火器あったぞ」

　寝間着姿の男女が数人、走り回っていた。

「あのっ、住人の方は無事ですか？」

　駆け寄り状況を訊ねる航太に、六十がらみのずんぐりした男性が首を振った。赤くなった顔を濡らしたタオルでしきりに拭い、怒鳴るように言う。

「さっき俺が中に入ったんだよ。だけど、一人暮らしの婆さんが見つかんねえ。二階なのかも知んねえな」

　思わずふり仰いで二階を見る。

　煙が吹き出しているのは一階、右手の窓だ。

　灰色の煙が黄色みを帯びている。もくもくと湧き出る煙の中に赤い炎が立ち上るのが見えて寒気がした。バチバチと燃える音に交じって、何かが壊れるような音がする。

「俺が行ってみます」

思った以上に悲壮な声が出てしまった。

「あーダメダメ。階段に火が回ってるんだ。二階には上がれないよ。俺だって命からがら逃げだしたんだ」

うわああという叫びとも泣き声ともつかない声が聞こえた。寝間着姿に毛糸の帽子をかぶった小柄な老女が顔を覆って泣いており、中年女性に慰められている。

「大丈夫だって。落合(おちあい)さんのことだもの、大丈夫よ。すぐに消防車が来てくれるから」

「落合さーん、無事でいてえ。二階にいるなら顔出しておくれよぉ」

老女が建物の二階に向かって叫んだ。

「お知り合いの方ですか?」

あせりからつい早口になる。泣いていた老女が航太を見上げた。近所に住む友人だそうだ。

「落合さんが普段寝室にしている部屋はどこか分かりますか?」

「あっち、あっちの奥の部屋。階段上がって一番奥」

大きな身ぶりで右手方向を指し示しながら彼女は航太にすがるようにして言う。

「落合さんはさ、去年ご主人を亡くして、一人じゃ一階は不用心だからって二階で寝てるんだよ。足が悪いのに無理してさあ。こんなことになるなら一階で寝るように言ってあげれば良かったよぅ。落合さんはぜんそく持ちなんだ。こんな煙を吸っちゃひとたまりもないじゃないか」

会ったこともない落合さんと目の前の老女、大家夫妻、離れて暮らす自分の祖父母の姿がだぶって見えて、いても立ってもいられなくなった。取りすがる老女を中年女性に任せ、航太は走り出す。

開け放たれた門扉から敷地内に入り、やはり開いたままの玄関ドアから中を覗いた。

建物の奥から出火したらしく、手前に位置する階段の向こうから大きく炎が上がっているのが見えて足がすくんだ。先ほどの男性が言ったとおりすでに階段の半分ぐらいまで炎が到達し、ちらちらと踏み板を舐めている。

消防車のサイレンはまだ聞こえてこない。

バケツの水や消火器では追いつかず火勢は強まる一方だ。

何とか、何とかしないと――。

航太は家の左右を見上げた。

二階の左側にはバルコニーがある。

一階玄関から逃げ出すのは無理でも、せめてそこまで誘導できれば助かる可能性があるかも知れない。

周囲を見回すと、通りの向こうから脚立を担いだ男性が走ってくるのが見えた。

「これっ、持って来たよ。これで二階へ届くだろ」

脚立を開けばハシゴになる。そこらに居合わせた何人かで協力してバルコニーに向けて立てかける。

隣家との境のわずかな空間には砂利が敷かれており足場としては不安定だ。脚立を持って来たのは七十近い痩せた老人だし、さっき話した男性も身が重そうだ。

「俺が上ります」

ごくりと唾を飲みこんだ。

「そ、そうか。んじゃハシゴの支えは任せてくれ」

老人が請け負う。

「気をつけてくれよ、兄さん」

「そうよ。お兄ちゃん。無茶はしないで」

「頼みます。落合さんを助けてえ」

悲痛な声に、ふうと息を吐いた。

心臓の鼓動が速い。今から火の中に入るのかと思うと足が震える。

でも、行かないと。俺が助けないと――。

自分に言い聞かせながら、ハシゴに足をかけ、慎重に登っていく。脚立を開いたハシゴは見た目よりはるかに華奢(きゃしゃ)であまり安定がよくなかった。航太の体重は六十キロもないが、足をかけるごとにハシゴがたわむのだ。

時間がない。意を決した航太は一気に駆け上がることにした。

うわっと思わず声が出る。ハシゴのバランスが崩れ、落下しそうになったのだ。腹の底が冷たくなった。

それでもどうにか揺れるハシゴを登りきりバルコニーの手すりに手をかけ、懸命に自身を引き上げ乗り越える。

こちらにはまだ火が回っていないはずなのにアルミ製の手すりが少し熱い。

嘘だろ嘘だろと思いながら弾かれたように走る。

バルコニーに面した部屋は掃き出し窓になっていた。半分開いたカーテンの隙間から室内を見ると物置代わりの部屋らしく、本棚やタンス、ゴルフバッグに掃除機などが並んでいる。

火の手は確認できなかったが、もう煙が拡がり始めているようで、薄く煙っている。

足もとでじょうろが横倒しになっていて中の水がこぼれているのが目に入った。

サンダルが左右ばらばらに散らばっているし、窓も少し開いたままだ。

もしかすると落合さんはプランターの植物に水をやっていたところで異変に気づき、室内に駆け戻ったのかも知れない。

となると、寝室にはいないのか……。

だが、迷っている暇はなかった。

そのまま一気に窓を開く。スニーカーを脱ぐべきかどうか少し迷ったが、後のことを考えると履いたままの方が良さそうだ。ごめんなさいと謝りながら室内に飛びこんだ。

「落合さんっ。おられますか？　落合さん。聞こえたら返事をして下さい」

声を張り上げながら身を低くし、タンスと本棚の間を進む。ドアノブは手すりなどとは比べものにならないほどの高温になっていた。素手で握れるぎりぎりの温度だろう。

ドアを細く開いて見ると、廊下はさらに濃い煙で覆われ視界が白い。

べきべきと木が裂けるような音がどこかで聞こえる。階下からは時折、ボンッという破裂音も響いていた。

階段があるべき場所には黒煙と共に炎が噴き上げていて天井まで達している。そちらから凄まじい熱気が押し寄せてきた。煙が目や鼻の奥を刺激し、ぼろぼろと涙が流れて落ちる。こみ上げてくる咳を必死で抑えているのに勝手に出てくるものを止められず、ひゅうっと聞いたこともない音が喉の奥から漏れ出てきた。

パーカーのフードを上げて鼻と口を覆うと、航太は廊下を這いながら進んだ。

どこからか咳が聞こえてくるのに気づいて、はっとした。間違いない。最奥の部屋は木の扉が閉まっていたが、中から激しく咳きこむ声が聞こえてくる。

航太は立ち上がって駆け寄った。

「失礼しますっ。ドア開けます」

半分開けたドアから滑りこむと、ベッドの下で老女がシーツをかぶってうずくまっているのが見えた。彼女は激しく咳きこみ、時折白目をむいている。

「だ、大丈夫ですか？　立てますか」

思った以上に状況が悪い。意識も朦朧（もうろう）としている様子で、抱え起こそうとしてもぐったりして力が入らず座りこんでしまう。

どうしようと思い周囲を見回すが、誰かの助けを望める状況ではない。自分一人で何とかするしかなかった。

幸い落合さんは小柄で細い女性だ。

「ごめんなさい。持ち上げます」

抱き上げるように立ち上がる。

航太はスポーツ全般得意な方だし、それなりに鍛えてはいるつもりだが、物を持ち上げるための筋肉がついているわけではない。

「うぁっ」

ぐったりした人間は思った以上に重く、落合さんを抱えるとよろけてしまった。

「すみません。ちょっと我慢して下さい」

仕方なく背負う形にする。

背中で老女が激しく咳きこむのがじかに伝わってきた。ヒューヒューと苦しそうな息が悲鳴のように聞こえ、あせりまくる。

航太は落合さんを背負ったまま、一気に廊下を走り、物置の部屋に駆け戻った。全身に汗が噴き出し、額から流れて落ちる。

だだだと勢いよく床を踏みならしても、燃えさかる炎と建材が破壊されるノイズにかき消されていく。怖いと思った。

背中から落合さんがずり落ちてくる。そんなに体重はないはずなのに岩でも背負っているかのようだ。重い。背骨が砕けそうだ。

息が上がって苦しかった。酸素の少ないところで激しい動きをしたためか頭がズキズキと痛む。

階段付近で天井に達した炎がこちらに向かって燃え拡がって来るのが見えた。

一気に駆け抜け、ようやくバルコニーに出たところで立ち止まる。激しく息を吐き出し、必死で空気を吸いこんだ。

「はあ……」

助かった――。

そう思った瞬間、突然、背中の人が暴れ出し、落としそうになって航太は慌てた。

「えっ？　落合さん、もう大丈夫です。大丈夫ですよ。外に出ました。これからハシゴを降りますから」

ずり落ちそうになるのを背負い直し、背中に回した手でぽんぽんと安心させるように叩くが反応は返ってこない。汗がぼたぼたと流れ落ち、目に入って激しくしみた。

航太自身、内心は不安だ。正直、彼女を背負ったままバランスを崩すことなくハシゴを降りることができるのかどうか——。

「あ、サイレン……」

近づいてくる消防車のサイレンにほっとした時、背中の老女がするりと離れた。

一瞬、何が起こったのか分からず、ただ解放された背中が涼しく、中に着たTシャツとパーカーが汗で濡れているのを感じた。

「え、ちょ……!?」

振り返ると、老女が這うようにして室内に戻ろうとしているのが見えた。

「なっ、なんで?」

慌てて引き止めようとする航太の耳に、苦しげな息づかいの下からとぎれとぎれの声が聞こえる。

「みい……ちゃん、み、いちゃ……んがまだ……中に……い、るの」

みいちゃんが中にいる?

その言葉の意味を理解した時、さあっと血の気が引いていくのを感じた。

寝室で見たものを思い出す。

キャットタワーに砂の入ったトレー。

「猫？　みいちゃんって猫ですか？」

咳の発作に全身を震わせながら落合さんはうなずいた。

「ゴホッゲホッみ……いちゃん……ゲホ、ゲホ、みいちゃ……を助けないと」

「とにかくあなたは外へ」

悲鳴のような自分の声にますます追い込まれる。

「みい。みい、みいちゃーん」

老女は航太の制止を聞かず、中に入ろうとする。引き戻そうとするが、どこにそんな力があるのか、細い腕で窓枠にしがみついて離れようとしない。

「っ……。分かりました。俺が行きますから」

「落合さん早くっ」

頭にタオルを巻いたずんぐりした中年男性がハシゴの中段にいて、こちらへ手を伸ばしているのが見えた。

「お願いします」

渾身(こんしん)の力で抵抗する老女を抱えるようにして手すり近くまで運び、航太は踵(きびす)を返した。

「おいっ、兄ちゃん、どこへ行くんだ。死ぬ気かっ」

男性が怒鳴っている。

「大丈夫。すぐ戻ります」

一瞬、迷ったが、航太は再び煙の中に突入した。廊下には煙が立ちこめ、くるくると巻き上がり天井から剝がれたクロスが火のついた状態で降ってくる。

ヤバいと思った。みいちゃんを助けるどころか自分の命も危ういんじゃないか――。『バカッ。今すぐに戻れ、今度こそ本当に死ぬぞ』頭の中で自分の冷静な部分が怒鳴っている。

しかし、今、自分が脱出するのは猫を見殺しにするということだ。落合さんが必死に手を伸ばした先にあるものを救えるのは自分しかいない。

決死の覚悟を固める反面、不思議なことに航太の中には楽観的な部分もあった。自分だけは大丈夫。こんなことで死にはしない。困難に見舞われてもきっと最後はうまくいく――。根拠など何もないのに、どこかでそんな風にも感じているのだ。

どうにか再び寝室まで辿(たど)り着いたものの、肝心の猫がどこにいるのか分からなかった。いや待ってくれ。誰が猫は寝室にいると言った？　落合さんが向かおうとしたのが寝室とは限らないんじゃないのか――。考えるとあせりのあまり胃のあたりがぎゅうっと締めつけられる。

寝室は六畳程度。ベッドの他には小さなサイドテーブル、キャットタワーと砂の入ったトレーがあるだけだ。

クローゼットは閉まっている。

「みいちゃーん」

何度か名前を呼んでみたが反応はない。といっても喉が痛んで小さな声しか出せずにいる。

這いながら探し回るうち、段々気分が悪くなってきた。

身体中のいたるところが心臓になったみたいに脈打ち、頭がガンガンする。

咳を抑えるのももう限界だ。

喉の奥にさびた釘(くぎ)の固まりを飲みこんだみたいだった。唾液を飲みこむのでさえ喉が軋(きし)み激痛が走る。思い切り咳をしてこのつかえを吐き出したいが、そんなことをしたら余計に有害なものを吸いこんでしまいそうだ。

目の前の景色が飴(あめ)みたいにぐにゃりと歪んで見えて、ヤバいと思った。

その時だ。灰色のかすみがかかったような景色の中で、何かが動くのが目の端に入った。

かすかにちりんと音がする。本能的に浅い呼吸を続けながら、航太はベッドの上掛けをめくってみた。

「にゃあ」

黒い猫がこちらを見ていた。首に鈴がついている。

「何だ。みいちゃん、ここにいたのか」

そう言ったつもりだが声は出なかった。

どこかぼんやりした意識で抱き上げると、腕の中で猫がしきりに震えているのが分かった。温かいそれが命の証（あかし）であることに気づいて、航太はもう片方の手で自分の頬を張った。薄れそうになる意識をどうにか励まし、再び床を這う。

だが、もう身体が動かなかった。腕の力で進もうとしても力が入らないのだ。

もうダメか、と思った。

でも、猫だけでも逃がさないと――。

どこかでガラスの割れる音が聞こえる。

ゴホゴホと激しく咳きこむと、意識が遠のいていく。

航太の脳裏に亡くなった父の面影が浮かんだ。白衣を着て聴診器を耳に当て、安心させるような笑顔を患者に向けている。

ああ、懐かしいなと思った。

航太の父は医師だった。

勤めていた大学病院では外科のエースといわれていたそうだが、一体何があったのか、突然その地位を捨ててしまった。

看護師だった母を伴い、数年おきに無医村を回り、外科はもちろん、内科も産婦人科も何でも診る診療所勤めに変わったのだ。

その度に航太は転校を余儀なくされたし、通学に山を越えたり、バスに一時間近く揺られたりと大変だったが、子供にとって山や離島の自然は魅力的だったし、何よりも航太は父の仕事を誇りに感じていたから、そんな暮らしも厭だとは思わなかった。

父の姿に憧れ、自分も当然医者になるつもりでいたのだ。

その航太の進路希望を変えたのは他ならぬ父の言葉だった。

『父さんみたいな医者になりたい』

小学校低学年の頃だっただろうか。過疎の村の診療所で、航太が書いた七夕の短冊を見た父は少しほほえんで言った。

「航太は医者を目指すのか。そうか、それもいいかな」

うなずく航太の頭を撫でて父は続けた。

「父さんは、もし生まれ変わったら警察官になりたいなと思ってたりするけどね」

そう言った父は少し照れくさそうだった。

「警察官ってお巡りさんのこと？」

航太を膝の上に乗せ、語った父の言葉を今でもはっきり覚えている。

「そう、お巡りさん。お医者さんはね、大ケガをした人を手を尽くして助けようとするけど、どうしても助けられないことがあるんだよ。どうにか命は助かったとしても深刻な後遺症が残ってしまったりね。そんな時、どうしようもなくやりきれなくて辛くてね」

父は幼い息子に聞かせているというよりはひとりごとみたいに続けた。

「もちろん運ばれてきた患者さんを全力で治療するよ。だけどね、病気はともかく、お医者さんは事件や事故を防いだり、そんな目に遭った人を現場から助け出すことはできないだろう？　そりゃ病院で待っていて患者さんの命を助ける医者の仕事も大切だけど、もどかしく思えることもあるんだ。だから、もし次があるなら最前線で人を護って助ける仕事がいいななんて思ってね。ははっ、航太にはまだ難しかったかな」

そう言って父が笑った通り、航太には父の言葉の意味がよく分からなかった。

この言葉が大きく影響するようになったのは中学の時だ。

父が死んだ。事故死だった。

その際、航太も共にいて事故に巻き込まれたのだという。

伝聞なのはその時の記憶がないからだ。

航太にはその事故を含む前後二年近くの記憶が欠落している。おそらく事故のショックによるものだろうといわれていたが、無理に思い出そうとすると頭が割れるように痛み、冷や汗が出て意識が遠のいてしまう。

母に訊いたこともある。

母は気丈な女性だが、語り始めようとする表情はあまりに痛ましいものだった。ああ、この表情には覚えがあると一瞬思った。おそらくは事故直後の記憶だろう。

だが、そこまでだった。そこから先を思い出そうとした航太は激しい嘔吐と頭痛、呼吸困難に見舞われ救急搬送されたのだ。

それきり母と航太の間ではこの話はタブーとなっている。

事故のニュースを検索しようとしたことも何度かあった。だが、それもできない。必ず同じ反応が起こってしまうのだ。

父の死にざまを確かに自分は見ているはずなのに、思い出すことを拒絶している。

父に申し訳ないと思った。まるで自分一人が安全地帯に逃げこんでいるようで、自分で自分が許せなかった。その罪滅ぼしとまではいわないが、父が夢見た仕事、事件や事故を未然に防ぎ、最前線で人を護り助ける警察官になろうと思っていた。

父さん、ごめん。俺は警察官になれないままここで終わりみたいだ——。

そう考えたところで一瞬意識が途切れた。

横たわったまま航太は幻を見ていた。

迫る破裂音、焼けた建材の軋む音。それらがない交ぜになって、喧噪へと変わる。異国の言葉、礼拝を呼びかける音楽のような旋律、男たちの言い争う声、笑い声。

航太は異国の市場にいた。

高いドームの天井、石の床、甘く辛いスパイスの香り、入り組んだ迷路の中、幾何学模様のモザイクを施したランプが天井からいくつも下がっている。さまざまな色彩の明かりと影が幾重にも重なり合って複雑な形を織りなす。美しいのにどこか不穏な光景だ。

人の波が流れていく。気がつけば航太もその奔流の中にいた。汗、体臭、きつい香水。肩と肩がぶつかる。

目の前に誰かがいて何か言っている。聞き漏らすまいと必死に耳を澄ますが、誰もが大声で何かを叫んでいてかき消されてしまう。

斜め前から歩いて来た民族衣装の男にぶつかった。前後左右から押し寄せる人波に分かたれ、相手の姿が見えなくなっていく。

「待って！」

必死で叫び、喉に走る激痛に航太は我に返った。

煙る視界、息苦しさに現実が戻ってくる。はっとした。そうだ、猫だ。せめて腕の中で震えている猫だけでも放してやらないと。

自分はもうダメだろう。でも、こいつだけなら自力で逃げられるかも知れない。

恐ろしく重く感じられる腕を上げて猫を放そうとした時だ。誰かが航太の肩を持ち上げ、脇の下に何かが差し込まれるのが分かった。

「おっと、そのまま猫を放すなよ。もう大丈夫だ」

不思議な声だった。温かく優しくて凛として、とても頼もしく感じられる。

それでいて、彼の声はどこか愉快そうで茶目っ気に溢れているのだ。

よくいえば剛胆、悪くいえば場違いだ。

燃えさかる住宅火災の現場だ。

すでに二階にも火が回っており、部屋の外から炎に炙られているのだ。この局面で聞くにはあまりに飄々として切迫感が感じられない声だった。

「よっと」

嬉しげなかけ声と共に身体を持ち上げるようにして運ばれる。

気がついた時には隣室の窓から顔を出した状態で呼吸をしていた。

「よし、偉いぞ。もう一踏ん張りできるかい？」

声の主を見やるが、ぐらぐらと視界が回ってよく見えない。

「飛び降りるのが手っ取り早いんだが、君の今の状態じゃ危ないな。俺が先に降りるから真似して降りてくれ。大丈夫、ちゃんと下でフォローするさ」

言うが早いか窓を乗り越える。

「え？　え？」

窓枠に手がかかっていると思った次の瞬間にはすでに姿はなく、下から呼ぶ声が聞こえた。

「おーい、今のを真似して降りてくれ。おっと、その前に猫をもらおうか。バッグごと下ろしてくれ」

外気に当たって少し気分が落ち着いた。

抱いていたはずの猫はいつの間にか持ち手の長いトートバッグに入れられており、航太は肩からそのバッグをかけている。

袋の底でこちらを見上げる翡翠（ひすい）のような瞳と目が合った。

「お前そこにいたのか。窮屈でごめんな。もうちょっとがまんしてくれな」

話しかけたつもりだが喉が痛んで声が出せない。それでも思いは伝わったのか猫がにゃっと鳴いた。

窓から上半身を乗り出し、精一杯手を伸ばしてバッグを渡す。

「おーし」

手を伸ばしてバッグをキャッチすると男は走り出した。

まだぼんやりした意識の中で、あ、どこかへ行ってしまうと思ったが、彼は見物人の一人に何か言ってバッグを託すと、すぐにこちらへ引き返してきた。

スーツを着た若い男だ。出勤途中のサラリーマンかなと思ったが、やたらと手足が長くずいぶんとスタイルがいい。

「さあがんばれ、君。地面は近いぞ。自由への第一歩だ！」

賑やかというか、どこかふざけたような彼の声援を受けながら航太は半ば機械的に窓枠を乗り越え、懸垂の要領でしがみついている。

「いいぞ、その調子だ。いいかい、よく聞け君。現在窓からぶら下がってる君の足先から地面まで一メートル五〇強といったところだ。飛び降りていけそうか？」

「は、はい」

多分、大丈夫だろうと思い手を離す。着地の瞬間、無意識に膝を曲げて衝撃を吸収したものの目の前がぐらりと揺れて後ろへバランスを崩してしまった。

あ、やば……。

仰向けに倒れそうになった瞬間、がっしりと抱き止められて、その勢いをうまく殺され、崩れるように地面に座りこんだ。

「おっと、と、座りたくなる気持ちは分かるがここは危ない。とりあえず外に出よう」

裏のフェンスの扉を開け、抱えられるようにして外に出る。ゴホゴホ咳をしながら顔を上げると、建物を取り囲むように消防車が到着しており、ホースを手にした消防士たちが走っていくのが見えた。

改めて道路の上にへたりこむ。

咳をする航太の背中を男がさすってくれているのに気づいて、あっと思った。

「す、すみません……」

「なあに、謝ることぁない」

男は息も絶え絶えに言う航太のパーカーをまくり、ぺたぺた触っている。

「見たところケガはなさそうだが、気分はどうだい？」

「だいぶ……落ち着きました」

抱えた膝の上に顔を埋めると、ぐるぐるしていた景色が消えて楽になった。

「そいつは良かった、よくやったと言いたいところだが、君なあ、無茶しすぎだ。肝が冷えたぞ」

航太は、はあと息を吐き出した。

肯定のつもりだったがため息みたいになってしまった。助けてくれた人にこんな失礼な態度は、と思ったが彼は気にする風もなく、航太の頭の上に手を置く。

ぽんぽんと頭を撫でられ、え？　と思う間もなく傍らで立ち上がる気配があった。

「うーん。これじゃまるで燻製のニシンだな。ははは、面白いがいただけない。このスーツはクリーニング直行か。やれやれ、下ろし立てなんだがこうも燻されちゃ仕方がない。君はその格好で幸いだったよな」

そう言ってバサバサと振っているのはスーツの上着らしい。

「お、警察が来たな。悪いがここで失礼しよう。じゃあ君、元気でな」

慌ただしく言い残し走り去っていく足音に、航太の脳内はなんで？　警察から逃げるの？　という疑問で一杯になった。

お礼を言ってない！　そう気づいたのはそれからしばらく後だった。

翌々日、大学時代の友人藤沢蓮からこの日の火災を映した動画がいくつか投稿サイトにアップされていると教えられた。

藤沢によれば、近くのマンションの窓から撮影したとおぼしき画像の中に、航太が映っているものがあるらしい。

興奮気味に電話をかけてきた彼は航太の安否もそこそこに、助けてくれたスーツ姿の男の正体を知りたがった。

「いや、それが……。意識が朦朧としてて誰が助けてくれたのか分かんないんだよ」

知り合いでもないし、名も告げず立ち去ったと聞いて、電話の向こうで藤沢は大騒ぎをしている。

「マジかーっ。あのイケメン、通りすがりにあの活躍かよ。くぅ、どこまでイケメンなんだよちくしょう」

とまどいつつ動画を探すが見つからない。

「そんなにイケメンだったのか？」

「いや、顔はよく見えないんだけどさ、手足の長さと立ち姿っての？　あと、何ていうのか圧倒的なイケメンオーラがあんだよ。そこらの凡人どもよひれ伏せ、って感じ。そんでもって抜群の身体能力だろ。もうさあ、コメント欄なんか大騒ぎだよ」

この時点で肝心の動画が削除されていることが発覚した。

航太の反応から藤沢もそれに気づいたらしく、は？　と驚いたかと思うと、「うわー。なんでだよっ」と落胆の声を上げている。

藤沢の話によれば、突然フレーム内に現れたスーツ姿の圧倒的イケメンはさっと周囲を見回したかと思うと、すごい速さで隣の三階建てのアパートの非常階段を駆け上がり、二階の踊り場の手すりに立ち上がった。

屈みこみながら腰のベルトから何かを抜き取ると、微塵の迷いもなく手を伸ばして落合家の窓ガラスを叩き割り、外から鍵を開けて窓を開放、一旦非常階段に戻ると勢いをつけて踊り場の手すりを蹴り、落合家の窓枠の上に飛び移った。

窓枠にしゃがんだ格好になったのは一瞬、そのまま室内へ消えたそうだ。

あまりの早業に撮影者の声が『え、え？　何？　嘘』とあせる中、四十秒後、再び姿を見せた彼は手に持ったシーツらしき布で窓枠に残ったガラス片をなぎ払い、抱えていた毛布を拡げると窓枠にかけ、地面に向かって布団を数枚投げ下ろしたのだという。

『え、飛び降りるのかな？』

撮影者の困惑する声をよそに画面の彼は後ろを振り向き、何か持ち上げるような仕草をした。

「そんで顔を出したのが、煤で汚れてぼんやりした久遠だったってわけさ」

「あー。そうだったのか」

言われてみれば思い当たることが多い。

あの時、窓枠をつかみ自分の体重を支えたが火傷をすることもなく、熱さはもちろんガラス片による痛みも感じなかった。

さらに室内の窓の下、足もとにあたる部分にはチェストが置かれていて踏み台にしろと言わんばかりだったし、実際航太はそれを足場にして重くてだるい身体を持ち上げ窓枠に上がったのだが、よくよく思い返してみると、窓枠にかけた毛布がずり落ちないためのストッパーを兼ねていたようにも思える。

その話をすると、藤沢はしきりにうなっていた。

「マジかよ。一体何者なんだあのイケメン。身体能力もとんでもないけど、それ全部とっさの行動なんだろ。判断力がものすげえよな」

確かに、窓の下にばらまいた寝具だけではなく、あの短時間、しかも煙の充満する火災現場で猫を入れるトートバッグを見つけて航太に持たせているのだ。

「実はあの家の住人だったとかかな?」

航太もそれは一瞬考えたが、後で近所の人に聞いても誰も彼のことを知らなかった。動画サイトのコメント欄には彼の正体について、身体能力の高いモデルだの、パルクールの達人だの、スタントマンだのと好き勝手に考察する書き込みが溢れていたらしい。

「これはお前に言うべきなのかどうか知んねーけどさ、久遠のことも煙の中から可愛い男の子が出たーっとか、イケメンが可愛い系を救助とかって書かれてたわ」

「えーっ。何だよそれ。男が可愛いって言われても嬉しくないっての」

抗議の声を上げる航太に藤沢は苦笑した。

「はは、すまん。お前、生きるか死ぬかだったもんな。いらん情報だったわ」

のちに藤沢が調べたところ、件のイケメンに関する書きこみのほとんどが削除されているらしかった。

短期間にこうも見事に削除されるとは尋常ではない。警察を嫌がっていた風もあり、彼は実は名のある怪盗なのではないかというばかげた憶測で、藤沢と二人盛り上がることになったのだ。

藤沢との通話を終えると、航太は自室の床に敷いたラグの上で膝を抱え、俯いた。

正直なところ、航太はイケメンの正体よりも火災現場で見た幻覚が気になっている。

「いや幻覚って……」

慌てて打ち消した。いくら極限状態でも幻覚を見ただなんて、自分の頭が大丈夫なのかと心配になってくる。意識を失った際に一瞬見ていた夢だったのだろう。

でも、なんであんな夢なんだろうと思う。

航太は外国に行ったことがない。エキゾチックなあの映像はどこから来たのか。きっと以前に博物館か何かで見たのだろうと考えてみるが、それにしては匂いや音がやけにリアルだった気がする。

何よりも、あまり考えたくはなかったが、例の悪夢とどこか共通点があるような気がしてならなかった。


「やあ、久遠君」

翌週、仕事帰りに寄ったコンビニから出てきたところで声をかけられた。自転車に乗った男女二人の制服警官だ。

彼らの顔には見覚えがあった。火災現場から命からがら脱出したあの日、航太は病院で手当てを受けたのだが、その際に色々と世話を焼いてくれた人たちだ。

「聞いたかい？　落合さんが退院されたそうだよ」

航太と並び、自転車を押しながら歩く警官の一人が言う。

「本当ですか。お身体の方はいかがです？」

「もうすっかり大丈夫だそうよ」

彼らの言葉に安堵した。

落合さんにケガはなかったものの、火災の煙が誘因となってぜんそくの重い発作が出たため入院していたのだ。

「私たちからすれば一般市民である久遠君には二度とあんな危ない真似をしないで欲しいとしか言いようがないんだけど、あそこで君がいち早く落合さんを救出してくれたからこそ今があるのも確かだものね」

「すみませんでした」

航太は恐縮した。

実はあの日、警察や消防の人たちから、なんて危ないことをするのかとめちゃくちゃ叱られている。

自分自身でもそれは分かっていた。もし、あのやたらスタイルのいいイケメンサラリーマンが助けに来てくれなかったら、煙に巻かれて死んでいた可能性が高い。

火災の際は何をおいても避難するのが鉄則。何かを取りに戻ろうとするなど言語道断。火災では直接炎に焼かれるよりも煙に巻かれ一酸化炭素中毒で命を落とす割合の方がはるかに多いのだそうだ。

なぜ消防の到着を待たなかったのかと異口同音に怒られた。

改めて反省する。と同時に、女性警官が言った言葉に胸の奥の方でじくりと痛むものを感じていた。

一般市民……。そうだよなあ――。

彼らが携えている無線機に時折、交信が入って来るのを聞きながら航太は無理な作り笑いを浮かべている。

「あっ、そうそう。落合さんがね、改めてお礼に行きたいって言われてたよ」

「そんな。当たり前のことをしただけなので」

首を振る航太に二人の警官が笑う。

「まあ、そう言わないで。落合さん、自分の命だけじゃなくて、猫まで助けてもらったって本当に感謝されてるからね」

「それとあのバッグ。今となっては家から持ち出せた唯一の家財道具なんですって。ご主人が使っていたものらしくて、それが手もとに残ったことがとても嬉しいっておっしゃってたよ」

猫を入れたトートバッグのことかと思い当たる。

あれはあのスーツの人がやったことで……と言おうと思ってやめた。

彼にお礼を言いたいと思って探したのだが、どこの誰だかまるで分からず、しかも本人が警察を避けていたのだ。本当に犯罪者だったりしたら、恩人を売ることになりかねない。

「そういえば君は警備会社にお勤めなんだってね。もしかして警察官になりたいとは思わなかった？　君みたいに勇気のある子が警官になってくれたらいいなと思うんだけど」

女性警官の問いに、航太は困惑した笑みを浮かべる。

「あーそれが実は俺、何度も落ちてるんです」

「え、警察官採用試験にってこと？」

航太の答えは意外だったようで、二人の警官が顔を見合わせた。

「でもこんな言い方失礼だけど久遠君、結構いい大学の卒業生だよね？　学力はもちろん運動能力だって申し分ないと思うんだけど」

卒業した大学に関しては病院の待合にいた時、たまたま世間話で出た話題だ。

「いえ、そんなことは……」

航太は謙遜して首を振ったが、二人の警官は納得がいかない様子だ。

「もう一回受けてみたらどうだい？　その時、たまたま調子が悪かったとかあるだろ」

「そうよ。私たちで良かったら面接の極意とか教えてあげるし」

「え、極意って何？　そんなのあったのか？」と二人で盛り上がっている。

礼を言ってその場を立ち去ったものの、航太は無理だろうなと思っていた。

航太が警察を受験したのは一度だけではない。四年生の時に二度、警視庁の採用試験を受験している。

自分で言うのも厚かましいと思うが、正直なところ受かったつもりでいた。

警察官採用試験は都道府県ごとに行われる。試験日が異なるので警察官志望の受験生は複数の地域を受験することが多い。

航太が他道府県警察を受けず、第一志望である警視庁に絞ったのも自信があったからだ。

警察官の採用試験は一次が主に学力、二次では体力検査と面接をもって行われる。

航太は二度とも二次試験の面接まで辿り着いていた。体力テストはかなり上位の結果を出せたと思うし、面接も手応えは良かった。

ただ、気になることがあるといえばあった。

志望動機を答えた時だ。

父の話をすると、試験官たちの雰囲気が一変した。それまでの歓迎ムードというか友好的なものが姿を消し、どこかよそよそしい空気に変わってしまったのだ。

結果は不合格。

航太は不思議で仕方なかった。

医師である父が警察官になりたいと言っていた。その夢を自分が引き継ぎたいというのが不遜に聞こえるのだろうかと思い、二度目は言わなかった。

亡くなった父が医者で、医療の前段階で人を救える仕事が尊いのだと言っていたことに影響を受けた、と言い換えたおかげか、反応は最後まで良かった。

「では現場で共に汗を流す日を楽しみにしてるよ」とまで言われたのだ。

今度こそは大丈夫だろうと思っていたのに、届いたのは不採用通知だった。

結局、航太は進路が決まらないまま卒業を迎え、警察浪人みたいな形になってしまった。

働かないわけにはいかないので、業界大手の警備会社の採用試験を受けた。警察の仕事と似た部分があるだろうと考えたからだ。

こちらは早々に採用通知をもらえた。

警察に受かった時点で会社を辞めることは受験時に伝えており、正社員ではなく契約社員としての採用にしてもらっている。

そして迎えた三度目の警察官採用試験、去年の五月の話だ。やはり一次試験は問題なくクリアし、二次試験の面接に至った。

今度は最初から硬い雰囲気が漂っていた。

「君は過去二回、不合格になっているが、その理由を自分で理解しているか？」

三人の面接官のうち、もっとも階級が高いのは銀色の髪をした初老の警察官だった。

同じ制服を着用しているのに、彼だけ特別な貫禄があるというのか、ただ座っているだけで圧倒されるような凄味がある。これまでに会った面接官の中でも抜きん出た存在感だった。

射抜くようなまなざしに航太は内心たじろいだが、すぐに唇を結び、まっすぐ彼の視線を受け止める。

「自分が至らないからだと思います。私はこの東京で警察官の職務に就きたいという願いを誠心誠意お話ししたつもりですが、その思いを伝えることができなかったのだと」

「その思いは伝わっている、としたらどうだ?」

意外なことを言われ、航太は面接官の顔を見直した。

「え? あの……それはどういう意味でしょうか?」

銀髪の面接官は険しい表情を崩さない。

他に二名いる面接官は困ったような顔で書類やペンをいじったり、銀髪の面接官や航太の表情をちらちらと窺ったりしている。

「君自身に問題はないと言っている。学力、体力、職にかける思い、人間性。どれを取っても理想的な受験生だ。本来ならば異論なく合格になるだろう」

「は、い……」

とにかく返事をしなければならない。

これは圧迫面接なのだろうかと思った。これまで航太自身は当たったことがないものの、警察の面接ではさほど珍しくはないという話を聞いたことがある。

『君は警察官に向いてないよ。他の仕事を探したらどうだ』などと言われて冷静さを失ったら負け。警察官の資質なしと判断されてしまうと、就職支援サイトみたいなところで何度か読んだ覚えがあったのだ。

航太自身はどちらかというと常時冷静な方で、あまり慌てたり頭に血が上ったりという経験がなかったから、これについての心配はしていなかった。

だが、その時、面接官の言葉に心底驚いた。とにかく言葉が出てこないのだ。

彼の言うことが本当ならば、なぜ自分は合格しないのか？

「君のために伝えておこう。この先、何度受験しても君が採用されることはない。警視庁だけではない、どこの県警でも道府警でも同じだ。早めに警察に見切りをつけて別の進路を選びなさい。君のような前途有望な青年がいつまでも警察に未練を残して将来の選択肢を狭めてしまうのはもったいない」

「なぜですか？　納得がいきません」

思わず勢いこんだ航太に、面接官は肩をすくめる。

「君が納得するとかしないとか、そういう話ではないんだ。あきらめたまえ」

「じゃあ、久遠さん。面接は終了しましたから、もう帰っていいですよ。次の方、どうぞ」

進行役の面接官の声に航太はあせった。

「待って下さい。なぜですか？　理由を教えて下さい」

「聞こえなかったのか。面接は終了だ。帰りなさい」

銀髪の面接官の冷淡な声。自分に向けられた険しいまなざしに、呆然(ぼうぜん)としたまま航太は面接が行われたブースを後にした。

秋に四度目の採用試験を受けたが、今度は一次にすら通らなかった。

他の道府県も受験したが、結果は惨敗。あの面接官の言ったとおり、航太を採用してくれる警察はどこにもなかったのだ。

面接官は航太自身に問題はないと言ったが、実はそれこそが圧迫面接で、皮肉として発せられた言葉なのではないかとも考えてみた。きっと自分には見えていないだけで何か致命的な欠陥があるのだと思う。

だが、それが何なのか。

いくら考えても分からなかった。

あきらめずにもう一度受験すべきなのか、それとも面接官が言ったように別の道を考えるべきなのか。答えの出ないまま、日々が過ぎていく。

現在、航太が配属されているのは都内のショッピングモールだ。海に面したショップ、レストランにカフェ、映画館も入るビル棟に併設された公園が拡がる。五万平方メートル超えの敷地に二百近い店舗が入っており、多い日には数万人の来店客があった。

施設警備はまさしくその施設を警備するわけだが、業務内容は多岐にわたる。

いわゆる防災センターという部屋を拠点に、数十名の隊員たちが二十四時間態勢で従業員の出入管理や敷地内の巡回、救急対応などといった保安業務にあたっているのだ。

この仕事に就いて初めて知ったことだが、たとえ正月であっても防災センターに休みはない。施設の公休日も同様だ。二十四時間、三百六十五日、防災センターは稼働している。

勤務態勢もそれに合わせたシフト制になっており、夜勤も多い。そのあたりは警察でも同じなので別に苦にはならなかったが、仕事内容は航太が考えていたのとは少々違った。

警備の仕事をしていて大きな事件に遭遇することは決して多くはない。まったくないといってもいいかも知れなかった。

もちろん、日々小さな事件は起こる。

具合が悪くなった買い物客の救急対応や、飲食店のボヤ、はてはショップ入口の真上に鳥が巣をかけただとか、店内を蟬が飛び回っていると通報を受けて捕虫網を持って駆けつけるようなこともあった。

警備の基本は事件や事故を未然に防ぐことだ。起こりうる危険を予測し、不安の種は事前に潰してしまわなければならない。

混雑時の動線や安全確保はもちろん、設備の破損や劣化、雨漏りなどにも注意を配る。当然、侵入者や火災などから施設や財産を護ることも重要な任務なので、営業中だけでなく夜間や早朝の見回りも欠かせない。

深夜、マグライトの明かりを頼りに歩く。

館内ではところどころで非常誘導灯がぼんやりした緑の光を投げかけているが、少し離れてしまえばまったくの闇だ。

時刻は深夜二時。昼間の賑わいは一変、自分の足音だけが聞こえるフロアには動くものもない。

まるで海の底に沈んでいるかのようだと思う。寝静まった都会の片隅で目を覚ましているのは自分一人だけなのではないかという強い孤独が襲ってくるのだ。毎度巡回を終え、防災センターの明かりを見るとほっとした。

警備の仕事に派手なことは一つもない。何も起こらないのが当たり前なのだ。

一旦ことが起これば、警備は何をしていたのかと責められるが、安全に心を砕いた結果、何事もなく日々が過ぎても当たり前、決して褒められることはない。

それでも粛々と与えられた役割をこなし、日常を守る。

大雨が降って一階の路面店が浸水しそうになればドアの隙間にウエスを詰め、雪の日には雪かきをして凍結を防ぐ。台風の予報があれば飛んでいきそうなものを固定し、扉を閉鎖する。

「何かなあ、やり甲斐ってヤツがねえんだよなあ」

航太が配属されて間もなく、先輩の一人はそんなことを言って辞めていった。

当初は仕事を覚えるだけで精一杯だった航太も、半年も経つと同じことの繰り返しに倦み、時折、その先輩と同じようなことを考えることがあった。

しかし、と航太は考える。

警察だって同じなのではないか。今の仕事は警察官とどこか違うのだろうか？

警察の面接ではどの部署を志望するのか訊ねられる。航太は毎回、地域課か生活安全課と答えていた。

人の近くで働きたいと思ったからだ。

不当に虐げられている人がいれば救い出したいし、困っている人がいれば率先して助けたい。

さまざまな脅威から市民を守るための盾になり、闘うために己を鍛える。

命や財産は元より、どんな人も笑顔でいられるよう、当たり前の日常を守りたいと思っていた。

今の仕事だってそれと同じじゃないのかと自分に言い聞かせる。

だが、警備員の仕事は市民のすべてを守るものではない。お客様の安全と施設を守るためにいるのだ。

商業施設の警備ゆえ接客業の側面も大きかった。警備といえども施設に属する人間として、客に対するおもてなしが求められるのだ。

それがイヤなわけではない。

道案内をしたり、迷子の子供を世話したりするのは苦ではなかったし、笑顔でお礼を言われるのは嬉しかった。

時には警備員を人間扱いしないような人もいるし、制服を見ただけで絡んでくるような酔っ払いも多いが、それは警察だって似たようなものなのではないかという気もする。

ならばこれでいいんじゃないかと思ったが、何かが足りなかった。

「場所かな……」

そんな風にも考えてみる。

警備員が守るのは決められた施設の中だけだ。警察にだって管轄はあるだろうが、規模が違う。航太たちは囲い込まれた場所の中でしか警備員として立つことができないのだ。

できる仕事にも限界を感じる。

敷地内で客同士のケンカやもめごとがあったら、通報によって駆けつけた航太たちは仲裁に入るが、できることといえば双方の言い分を聞くぐらいのものだ。

ここまでは警察でも同じかも知れない。だが、航太たちにはそれ以上にできることはなかった。

入社してすぐに始まった新人研修で叩きこまれたことだが、民間の警備員は何の権限も持たない。配属先が商業施設だからということではない。会社や工場などであったとしても同じだ。たとえ手荷物検査や身分証の確認が必要な場面でも、相手に対して強権的に何かを命じることはできず、あくまでもご協力いただくのが建前なのだ。

暴力事件に発展したら、すぐに警察を呼ばなくてはならないし、寝込んでしまった酔っ払いがどうしても移動しなければ通報する。

手に負えなくて呼ぶというより、警備員の権限では何もできないので警察に任せざるを得ないのだ。

酔っ払いを留め置くための施設もないし、事故につながれば責任問題だ。

「これ以上、俺たちにできることはないんだ。あとは警察に任せよう」

そう言う先輩たちの意見は正しいと、航太も思う。

タチの悪い酔っ払いや薬物中毒とおぼしき不穏な言動をする人、ケンカや夫婦のもめ事など、面倒くさい事案は山ほどあった。

手に負えないと判断すれば警察に引き継げばいい——。

公務員だから、公権力の行使を許されているのだから、あとは彼らに任せればいいのだ。

いわば警察は最後の砦だ。どれほどの難題を突きつけられても誰かにパスすることはできないだろう。

面倒な事案を解決できず警察を要請する際、心のどこかでほっとしている自分をいやだなと思った。

もし自分が警察官だったら、ここで逃げるわけにはいかないのだ。

いつの間にか自分の立場に甘えてしまっている。もし自分が最後の砦の立場だったらどうするのか。誰にも頼れなければ自分で何とかするしかないだろう。

航太はある時から、その心づもりを忘れず職務に当たることに決めたのだ。

航太の勤めるショッピングモールは海に面しており、敷地のすぐ外に小さな船着き場がある。船着き場につながる野外デッキ部分にテーブルや椅子が置かれ、散策途中の人が休憩できるようになっているのだ。

　野外デッキのある周辺は公開空地にあたり夜間でも開放されているため、身を休めに来るホームレスがいた。

　彼らは夜が明けるときれいに場所を片付けて立ち去るので、施設側も黙認している。もちろん野外デッキも巡回コースに含まれているため、航太は数人のホームレスたちとすぐに顔見知りになった。

「やあ、警備員さん。こんばんは」

　日焼けなのか元々色黒なのか、航太がひそかにクロさんと呼んでいる七十歳ぐらいの男性ホームレスは街灯の下でいつも競馬新聞を拡げている。

　海風がまともに吹きつける場所だ。冬場はもちろん、春先でさえ過ごしやすいとはいえない。彼らは少しでも風の防げる場所を探し、段ボールを敷き、何枚もの上着を重ね着してしのいでいた。

「こんばんは。今夜は冷えますね。大丈夫ですか？」

　少し声をひそめて訊ねる。先輩たちからあまり彼らと話をするなと言われているからだ。

　施設としては彼らの存在を黙認してはいるものの、決して推奨しているわけではない。公開空地とはいえ、イメージを大切にする商業施設としてはホームレスのたまり場になってしまうことは好ましくないのだろう。施設側の人間である警備員が親しげな態度を示すことで彼らを増長させてはまずいし、一般客の手前もあるということらしかった。

航太はまじめな性格だと自分でも思う。入社以来、隊長や先輩たちの指導に従い、決まり事を破ったことはないのだが、これだけは別だった。

多くの買い物客がいる時間ならいざ知らず、ひとけのない真夜中に挨拶するぐらいは許されるんじゃないか？　そんな風に思うのだ。本当は良くないことかも知れない。けれど、どうしても譲ることができなくて、こっそり先輩方の言いつけに背いていた。

何ができるわけでもない。

でも、相手は人間なのだ。普通に挨拶を交わすぐらいのことはしたかった。

クロさんや、アシカのぬいぐるみを荷物にくくりつけているアシカさんなどは気の良い人たちだが、ゲタの人（顔の輪郭が四角く、眉毛が太いので昔アニメで見たゲタのキャラクターに似ていると思った）などは気性が荒いようで、他のホームレスにからんだり、巡回に来た警備員にも難癖をつけたりした。

「ここは公共の場所だろーが。なんでお前らにいちいち文句言われる必要があんだよ」

などとすごむゲタの人に、最初は返答に困り、そのまま無視して進んだりもしたが、今では「何も言ってないですけど」と言い返す（？）こともできるようになっていた。

そんな中、航太には気になるホームレスがいる。ここを根城にしているホームレスの中でも一等高齢とおぼしき老人だ。

老人はとても痩せていた。いつも同じカッターシャツにスーツの上着を着ているが、その両方がぶかぶかで首などは骨の形が浮いて見える。ひどく寒そうだ。

背中を丸め、抱えた紙袋の上に細い首を折るようにしてうずくまっている。歩いている姿を見かけたこともあるが、曲がった腰で足を引きずりながら両手に荷物を提げて、とぼとぼと進んで行くのだ。

彼がいるのはいつもウッドデッキの外側のアスファルト地面の上だった。デッキ周辺の照明も届きにくい木々に覆われた一角で、華やかなモールや船着き場に背を向けるようにして夜を過ごすのだ。

老人が顔を上げているのに気づき、何度か声をかけてみたことがあるが、彼はすぐに気難しい顔でふいっと横を向いてしまうか、膝の上に突っ伏すような格好になってしまう。取り付く島もないというのがぴったりだった。

去年の十二月に初ボーナスが出た際、航太はクロさんにコンビニのおでんを進呈した。

夏にクロさんが言ったのだ。

「兄ちゃんもそろそろボーナス出るんじゃねえのか？」

「え？　いや、入社して間がないので、寸志というかおこづかいぐらいみたいです」

「なんだ、そうなんかい。んじゃ、冬のボーナスまではがんばって辞めんじゃないぞ。働く人間の権利だからな、ボーナスだけはもらっていかねえとな」

「はは、そうですね」

その頃すでに航太は警察から引導を渡されていた。この先どうするべきなのか、まったく考えられなくなっていたのだ。冬までこの仕事を続けているのか、それとも別の仕事を探すべきか、答えが見つからない。

元々、採用が決まりしだい警察学校に行くのが前提で、それまでの間、警備の仕事に慣れ親しんでおきたいという程度の志望動機だ。

警察官になれないのならどうする？

警備の仕事を極めるべきなのか、それともあの銀髪の面接官に言われたとおり、別の進路を考えるべきなのだろうか——。

とりとめのない考えが頭に浮かんでは消えていく。

クロさんにこのあたりの事情を話したことはなかったが、彼らにも、すぐに仕事を辞めてしまうような覚悟のなさが透けて見えてしまうのだろうかと思った。

「じゃあ、冬のボーナスまで辞めずにいたら何かごちそうしますね」

そう言うと、クロさんは欠けた前歯でかかかと笑った。

「んな気ぃつかわねえでいいよ。どうせ安月給なんだろ？　ボーナスなんて雀(すずめ)の涙なんだから、母ちゃんに何か買ってやんな」

　実際、給料は高いとはいえない。クロさんの言ったとおり十二月に出た賞与は「雀の涙」程度だったが、母には手袋、祖父母には揃いのティーカップを送った。そんなに値の張るものではなかったが、とても喜んでくれた。

だが、電話で話した際、微妙な空気になってしまったのも事実だ。警察が第一志望であることは彼らも知っている。そこまでのつなぎだったはずの今の会社で初ボーナスをもらったからといって、航太自身、喜びは薄かったし「嬉しい」と言ってくれる電話の向こうの彼らの言葉もどこか遠慮がちだった。

「航太がどんな人生を選んでも私たちは味方だからね。でも……」

　母は言いよどみ、続けた。

「本当に困ったらこっちに帰ってきてもいいのよ。あなたも少しは親に頼ることを覚えなさい」

「うん、ありがとう。でも、もう少しこっちでがんばってみるから」

そう答えはしたものの、こちらで何をがんばるのか、自分でもよく分からなかった。

ボーナスの残りでコンビニのおでんを買ってクロさんたちに差し入れた。寒い季節なので温かい食べ物の方がいいかなと思ったのだ。もしかして気をつかわせてしまうかなと少し不安にも思ったのだが、クロさんはとても喜んでくれた。

「ちきっしょ。目からよだれが出やがる」

冗談だと思ったのだが、クロさんは本当に涙ぐんでいた。

「え、そんな。本当に気持ちだけなので」

「ばかやろ。その気持ちが嬉しいんじゃねえか。遠慮なくもらうぜ」

身を切るような海風の吹く中、クロさんはそう言って押し頂くようにすると、湯気の立つおでんをほおばっていた。

十二月半ばの話だ。夜勤前に寄ったので、すでに夜の八時を過ぎていた。冬枯れの樹木には申し訳程度の電飾が巻きつけてあるものの、このあたりは数もまばらで、どこかわびしい感じがした。

モールを取り巻くように飾られた華やかなイルミネーションが水面に映り揺れている。同じ敷地にあるはずなのに、別の世界のできごとのように思えた。

クロさんだけというわけにはいかないので、アシカさんやゲタの人にもおでんを持っていった。

アシカさんはもちろん、ゲタの人もぶつぶつ文句を言いながらではあったがそれなりに嬉しそうな顔で受け取ってくれたのだが、例の老人からは頑なに拒否されてしまった。

「あの、俺、初ボーナスが出たんです。もしよかったらこれ、食べませんか」

「いらんっ」

コンビニの袋を押しのけるようにして、そっぽを向く。

ぼそぼそと老人が何か言っている。

何だろうと耳を澄ませる航太に聞こえてきたのはこんな言葉だった。

「若造が。わしらに施しをしてエエ気分になってんのか」

叱責と呼ぶにはあまりにも勢いのない声だったが、航太にとっては重い一撃だった。すっと身体が冷えていくような感覚を覚えた。

自分にはもちろんそんなつもりはなかったが、こういう風に捉えられることもあるのだと知る。

「爺さんがいらねえっつってんだから無理強いしてやんなよ」

ゲタの人にヤジを飛ばされ、老人の傍らで屈んでいた航太は立ち上がった。

「すみませんでした」

老人に向かって深く頭を下げる。

防災センターに着き、休憩室で食べたおでんはもう冷め切っていた。

電子レンジが置かれているので温めればいいようなものだが、航太はそんな気にもなれず、冷えたおでんを食べながら、老人の言葉についてずっと考えていた。

四月下旬、世間は間もなくゴールデンウィークを迎える。といっても航太の勤める防災センターには関係ない。あいかわらずの通常運転だ。

いや、通常運転どころではないかと航太は気を引きしめなおす。ゴールデンウィークには集客のためのイベントがいくつも予定されており、多くの人出が見こまれるので警備としては繁忙期だ。人が増えればトラブルや急病人も増える。事故が起こらぬよう、気の抜けない日々が続くのだ。

「恐れ入ります、警備員さん？」

館内の巡回中、背後から呼び止められて航太は立ち止まった。

「はい。何か？」

平日の午前中、客の少ない時間帯だ。場所は三階、立体駐車場棟から伸びる連絡橋から入ってすぐに位置する文房具や雑貨を扱うセレクトショップの前だ。

振り返ってびっくりした。目の覚めるようなイケメンがこちらを見ていたからだ。

いや、航太も男だ。イケメンという呼称が適切なのかとは思う。

例の火災現場の動画を見た藤沢が、航太を助けてくれたスーツの男についてイケメンを連発していたが、それもどうなのかと思わないでもなかったのだ。

しかし、今、目の前の男について航太にはイケメン以外の表現が出て来なかった。

「少々お伺いしてもよろしゅうございますか？」

一分の隙もないスーツ姿の男が言う。

濃い紺色のスリーピースにシックなグレーのネクタイ。高身長だ。航太も一七六センチあるが、それよりもかなり高い。一八〇を余裕で超えているだろう。

この前のスーツのイケメンではないが彼もまた手足が長く、頭部というか顔がとても小さかった。八頭身、それ以上かも知れない。

きちんと撫でつけた黒髪に細い銀縁の眼鏡、切れ長の目には長いまつげが影を落とし、どこか憂愁を帯びて見える。ちょっと冷たそうにも見える薄い唇はきりりと結ばれているのに、話をする時、不意に柔らかく孤を描くのだ。

知的な切れ者という印象を受ける一方、なぜかはよく分からないのだが、とても不安定なものを感じた。

ちょっとストームグラスみたいだと奇妙な考えが浮かぶ。

目の前のイケメンの表情を見ていると、内側の感情が揺れ動くような不思議な変遷が見える気がする。どういうわけか惹(ひ)きつけられて目を離せなかった。

男性に目を奪われるなんて経験は初めてで大いに戸惑った。

あまり芸能人に詳しくないのでよく分からなかったが、きっとこの人は有名なカリスマモデルか何かなのだろうと思った。

天性のカリスマが人を惹きつけるとはこういうことに違いない。

何しろ航太だけではないのだ。セレクトショップではカウンターの女性店員が上気した顔でこちらを見つめているし、近隣のショップからもぎらぎらした視線が飛んで来ている。近くにいる女性みんなが彼に目を奪われているみたいだった。

彼の後ろには年配の男性がいて、セレクトショップに並ぶ無垢材の文房具を興味深そうに眺めている。

この人を同伴者だろうと思った理由は眼鏡のカリスマモデル（推定）が常にそちらを気にかけている様子だからだ。

航太に向き合いながら、時折そちらを見やり、同時に周囲にも気を配っているように見える。その姿を見ていると、なぜだか執事みたいだという感想が浮かんだ。

もちろん実際の執事に会ったことなどないので完全に漫画やドラマによる知識だったが、彼の物腰や視線の配り方を見ていると、なるほど執事とはこういうものに違いないと納得させられてしまうのだ。

年配男性の方は芸能人という見た目ではないものの、少し変わったデザインの黒い服を着ていて芸術家のような印象だった。モデル事務所の社長か何かだろうか。

「大変失礼致しました。どのようなご用件でしょうか？」

相手が返事を待っているのに気づいて我に返り、慌てて言った。

「管理事務所はどちらでございましょう？」

これは意外な質問だ。

管理事務所は来店客からはまったく見えないバックヤードにある。一般客にはまず用のない場所だし、約束があっての来訪ならば管理事務所側で迎えの手配をするような気がする。航太たちだって管理事務所にはあまり足を踏み入れることがないのだ。

「えーと……。ここからは少し分かりにくいのでご案内しましょうか？」

「感謝致します」

そう言って彼は頭を下げた。

そのやり方に正直、びっくりした。背中に一本線が通っているかのようなぴしっとした姿勢のままで優雅に腰を折る。まるで中世の騎士のようだと思ってしまった。

道案内は日常業務の一つだ。その度に大抵の方がお礼を言ってくれる。仕事にやりがいを感じる瞬間だ。

お礼の言葉といっても人によってさまざまで「兄ちゃん、あんがとな」と親しげなものから「ありがとうございます」といった比較的丁寧なもの、「ん」と一言残して立ち去るような人もいる。

小さなものも含めれば、一年の間に数千件の道案内をしていると思うが、彼のような反応は見たことがなかった。

言葉もそうだが、何よりも彼の物腰だ。丁寧というか流麗というか、とにかく上品で所作が美しい。

「塩谷様、こちらの警備員さんがご案内下さるそうでございます」

「ああ、よろしくお願いしますよ」

暫定社長にまで言われ、航太は恐縮した。

管理事務所へは一階、建物の裏手にあたる部分がメインの入口だが、ここから向かっては遠回りだ。バックヤードから向かうルートの方がはるかに早い。とはいえ、まったくの部外者をバックヤードにお連れするわけにもいかないので彼らのアポイントを確認したうえ、無線で防災センターに連絡を入れ、事情を説明して案内の許可を得る。

ようやく許可が下りたので案内を再開した。

「お待たせして申し訳ありませんでした」

頭を下げると、塩谷社長（?）は鷹揚にうなずき言う。

「当然のことです。そうでなければ安全を守ることなどできませんからね」

「恐れ入ります」

航太がそう答えると、なぜか脇に控えていた執事イケメンが重々しくうなずいた。

「ああっ、塩谷先生。連絡をいただければお出迎えに参りましたものを」

バックヤード管理事務所の前まで来ると、廊下で待ち構えていた事務所の人が三人、もみ手をせんばかりの様子でぺこぺこしている。

「いや、構いません。早くに着いてしまったものですから、店内を少し見せていただいていました。こちらの警備員さんに案内していただけたので何の不自由もなかったですよ」

三人揃って平身低頭、ははーっと頭を下げている。よほど偉い立場の人のようだった。

何だかすごいものを見たなと思いながら巡回に戻る。

毎日同じことの繰り返しだ。こういったイレギュラーな事があると正直楽しい。

うーん、でもなあ――。バックヤードの通路から表に出るための扉の前で航太は立ち止まった。

ドアの内側には接客八大用語が貼ってある。

接客の基本とされる言葉、「いらっしゃいませ」「ありがとうございます」「少々お待ち下さいませ」「お待たせいたしました」「かしこまりました」「おそれいります」「申し訳ございません」「またどうぞお越し下さいませ」の八つだ。

ショップ店員だけではなく、警備も清掃スタッフも設備担当もみな使用するよう言われており、わざわざ目につく場所に掲示されているのだ。

航太も普段からなるべく気をつけてはいるが、それでもこれらの言葉を自在に操れるわけではない。うっかりすると敬語なのか何なのかよく分からない奇妙な言い回しになってしまう。

それに引き替え、あのイケメンの言葉遣いと立ち居振る舞いはすごかったなと感動する。

きっと世界を股にかける一流モデルは礼儀作法にも完璧さを求められるのだろう。社長も執事風モデルもあまりに丁寧で上品なもので、こちらも礼儀正しく話さなければと航太は必死だったが、まったくちゃんとできた気がしない。接客業、まだまだだよなとちょっとへこんだ。

翌日も勤務だった。

時刻は午前十一時半を回っている。航太は館外に出て、船着き場のあたりを巡回することにした。

遊覧船が発着する場所だが、平日の午前便はすでに出た後で観光客の姿は少なく、早いお昼を食べている母子にテイクアウトの袋を持ったサラリーマンがちらほら見える程度だ。

水面に光が反射してきらきら光っている。海といっても湾内の奥に位置するため波は穏やかだ。停泊中のはしけに波がぶつかって、ちゃぷちゃぷと音を立てている。眠くなるような春の陽気だった。

「まさしく、春の海ひねもすのたりのたりかな、だよな」

突然、後ろから声をかけられびっくりした。

隣のテニスコートとの境に二メートル四方の空間がある。元々、樹木が植わっていた場所だが、潮風が原因でその木が枯れてしまったため植え替え予定となっており、現在は切り株だけを残し、赤いカラーコーンと黄色と黒のコーンバーで囲ってあった。

コーンバーの向こうに足が見える。

航太がこの仕事に就いて知ったことの一つにカラーコーンの威力というものがあった。他の国はどうか知らないが、日本ではカラーコーンとコーンバーで空間を仕切ると人々はそれに従ってくれる。

立ち入りを防ぐのはもちろん、雑踏を整理するうえでも大いに効果を発揮した。人が増えれば増えた人数に対してコーンとバーの位置を変え、待機列を作り増やしていく。スペースと人数に応じて、いくらでも臨機応変な変更が可能だ。

実際、イベントや正月の売り出しで大勢の客が開店を待つような場合、先輩の指示に従いコーンを移動させると面白いように待機列ができたし、こちらの思惑通りに人々は動く。ちょっと彼らを操っているような感覚さえ味わえた。

逆にいえばここまで分かりやすく立ち入りを禁じてあるものを破る人はあまりいない。幼い子供ならわけも分からず入り込むこともあるだろうが、分かったうえであえて禁を犯すとすれば、よほどの危険人物ではないかと緊張が走った。

「お客様、そちらは立ち入り禁止です」

声をかけながら走り寄ると、切り株の上に男が腰かけていた。というか、一見しただけでは足先しか見えなかったのだが。

枯れたのは外国から移植されたかなりの樹齢の大木で、切り株といえども二抱えぐらいはあるだろう。

切り株の上に腰かけて、男は組んだ足を長々と伸ばし、非常にくつろいだ様子だ。

ええっ。足、めちゃくちゃなげえな……。

内心思うが、頭の中は不審者対応マニュアルを思い返すので精一杯だ。

防災センターに連絡を入れるにしても、もう少し状況を把握する必要がある。声をかけてすんなり移動してくれるのならばそれにこしたことはなかった。

こんな時、まず気をつけるべきは距離感だ。とりあえず受傷事故を防ぐために距離を取らなければならないと口を酸っぱくして教えられている。

航太はコーンバーの手前で立ち止まった。退出を促すためにバーを外し、脇のフェンスに立てかけておく。

男はと見ると、少し目を伏せ髪をかき上げている。その仕草がとても自然で美しく、目を離せなかった。

透明感のある色素の薄い髪は分け目がふわりと立ち上がり、毛先に向かって柔らかなウエーブを描いている。かき上げる指の間から、さらさらとこぼれ落ちていくのだ。

え、何で……？　と思った。

とんでもない美形だった。

一瞬、昨日のイケメンが頭に浮かんだが明らかにタイプが違う。真逆なのだ。

それでいて、こちらもまた一分の隙もないスーツ姿だった。座っていても分かる驚異的な手足の長さといい、顔の小ささといい、どう見てもモデルだ。

昨日の執事のモデル仲間だろうかと思ったが、施設内で撮影が行われるとも聞いていない。

二日連続で、度肝を抜くレベルのイケメンを目撃するとはラッキーなのか何なのか。

正直、男としては嬉しくもなかったが珍しいことには違いなかった。

彼がこちらを見る。

「やあ、元気だったかい？」

その声には聞き覚えがあった。

「えっ？　あのっ。もしかして、あの火事の時の方ですか？」

航太はあせった。なるほど藤沢が言っていたとおり、とんでもないイケメンだ。顔がよく見えないのになんでイケメンと言い切れるのか不思議だったが、ここまでのレベルならば顔がなくても十分判定可能な気がする。

「あの、先日は助けていただいて本当にありがとうございました」

深々と頭を下げる航太に、イケメンは無言でこちらを見ている。

無表情さに、えっ？ と思った。あの時の飄々とした態度とずいぶん印象が違う。

しかし……。航太は自分が赤面するのを感じて困った。

表情を殺すとこのイケメン、顔立ちの美しさが際立つ。イケメンというよりは美少女の方が近いかも知れない。

いや待て待て、何言ってんだ俺、と航太は内心大慌てでつっこみを入れる。大の男に向かって美少女はないだろう。自分でも呆れるが、しかし不思議な男だ。仕草や体型、どこを見ても女っぽいところなどまったくないのに、顔だけを切り取って見れば女性の中に並べてみてもトップクラスの美しさだと思う。

返事はない。

あれ、もしかして別人なのかな？ と思った時だ。彼がちょいちょいと天を指す形の人差し指を曲げて、こちらへ来いというようなジェスチャーをした。

「は、はい。ですが、こちらは立ち入りが……」と言いながら近寄る。

いきなり耳の横に風圧を感じ、とっさに顔をそむけた。

目の前には彼が着ていたのと同じグレーにシルバーの細いストライプが入ったスーツ

生地がある。

一瞬、何が起こったのか分からなかったが、顔の横に磨きこまれた革靴の先端があるのが見えて、あっと思う。

え？　足だよな？　足……？

脳が指令を出す前に身体が動き、地面に膝をついていた。

何が起こったのか理解したのはその後だ。

切り株の上に腰かけていたはずのイケメンは立ち上がると同時に飛びあがり、回し蹴りを繰り出してきたのだ。

うわ、本当だ。すごい身体能力、と思ったが感心している場合ではなかった。

「ちょっ。何をするんです、ええっ⁉」

抗議の声を上げる間もなく、立ち上がったところで今度はまともに顔を狙ってパンチが飛んできた。

ぎりぎりで回避したものの、心臓がバクバクいっている。他人からこんな風に暴力的に殴りかかられたのは初めてだ。

「ははっ。楽しいなあ」

冗談だろと思って顔を見ると、先ほどまでの美少女ぶりは微塵もない。

目を離した瞬間にやられると思った。

彼の目だ。瞳孔が開いているのではないかと考えた瞬間、ひやりとした。戦闘狂という言葉が浮かんだ。

これ、ヤバいんじゃ……。

考える間にも拳や肘、足技と、息もつかせず繰り出されてくる。

「よっ」「へえ、なかなかやるねえ」「ははっ」「んじゃ、これはどうだ？」

楽しげなかけ声がこの上なく場違いだ。

なんでこんなことになっているんだろうと頭のどこかで考えつつ、ほとんど無意識のまま、襲いかかる彼の足や手を払い、頭を下げてかわす。

一度など思いもよらないフェイントに避けきれず、二の腕にまともにパンチを受けてよろけた。

「おっとすまん」

速さがある分、ダメージはさほどでもないかと思ったが、予想外に重い一撃だった。

どこにそんな力が、と唖然（あぜん）としながら、痺（しび）れる腕に顔をしかめる。遅れてざくざくと痛みはじめた。

見た感じ彼の身体は細い。ただ、上着の裾がまくれあがる度にシャツ越しに見える身体にはきちんと筋肉がついているようだ。動きだってとてもしなやかで、どうかすると優雅な舞を見ているようでもある。それなのに恐ろしく実戦的な戦闘をするのだ。

彼の態度が楽しげなのが余計に恐ろしい。

どれぐらい時間が経ったのだろう。

数十分経ったような気もするが、その実いくらも経っていないのかも知れない。

鳥のさえずりや波の音、眠くなるような春の陽気はそのままに、あり得ない事態が起こっている。異変を察知した仲間が駆けつけてくれるのではないかと思ったが、広大な敷地だ。同時に同じ場所で警備員が巡回することはまずなかった。

目撃者も期待できない。通常の通行ルートからは外れているのだ。人出の多い休日や出航が近い時間帯ならいざ知らず、大木が撤去されて立ち入りを禁じられた何もない空間をあえて覗きに来る物好きもいない。

静かだった。

彼が動く度、身につけているらしい金属の何かが触れあうカチャカチャという音のほかは、楽しげな彼の笑う声が響くばかりだ。

航太は無言だ。「ふ」とか「んっむ」とか勢いに従って小さな声が漏れるが、まさか悲鳴を上げるわけにもいかず、かといって怒声や叫び声を出す気にはならなかった。

その心理がどこから来るのか自分でもよく分からない。防御するので精一杯の自分の劣勢を恥じる気持ちからなのか、火災現場から助けてくれた恩人を売るわけにはいかないという思いからなのか。

いや、と航太は思った。彼の真意が読めないからというのが一番強いのかも知れない。なぜ彼が自分を攻撃するのか？燃えさかる炎の中から自分を助けてくれた恩人が理由もなしにそんなことをするとは思いたくなくて、航太は唇を引き結んだままだ。

それにしても、この男どれほど身体能力が高いのかと思った。とにかく体幹がぶれない。狭い場所で足を高く蹴り上げ回転してもほとんど位置が変わらなかった。予備動作もなしに大胆な攻撃を打てるのだ。

殴る、蹴る、フェイントと繰り出す様子を見ていると、まるでバネ仕掛けの機械のようだ。しかも、それが決して単調ではなく、予想外の方向からもたらされる。次にどのような攻撃が来るのか見当がつかなかった。

全身の感覚を研ぎ澄ませ、彼の呼吸をはかり見きわめる。だが、予想は軽々と裏切られ、明後日(あさって)の方向から被弾するイメージだ。

とうに息が上がっていた。

もう無理だ。防御するだけでは限界がある。

通常、警備員に実力行使は認められていない。こちらから相手を殴ったりすることはできなかった。

だが、このままではきっとやられる。

これ、正当防衛になるよな？　と思いながら、攻撃に転じようとするが、握った拳を簡単につかまれ、そのまま身体を引かれる。

バランスを崩し、倒れこみそうになるところで男が笑った。

「ははは。君、なかなかいい反応するなあ。だが、まだまだだ」

「は？」

一体何を言っているんだと思わず顔を見直す。身体の方は動かせなかった。腕をつかまれているだけなのに身動きが取れないのだ。

「今の君の状況を説明するとだな。かわしているだけでは体力が持たないと判断して攻撃に転じたものの、動きを見切られ封じられたわけだ」

そんなこと説明されなくても分かっている。むしろ知りたいのはあんたがこんなことをしている理由だと思ったのだが、その反面、ちょっとほっとしている自分がいた。

火災現場で出会った時と同じように、飄々としながらもどこか楽しそうな物言いだったからだ。彼の行動はまったくの謎だが、理性を失っているわけでもないようだ。

でも、それでこの戦闘能力というのも恐ろしいよな。などと考えていると、バタバタと走ってくる音が聞こえた。

「何をしている⁉」

切迫した声に応援が来てくれたのかと安堵したのも一瞬、この状況をどう説明すべきかと航太は悩んでしまった。

普通に考えると、暴漢に襲われている警備員としか見えないだろう。まずい。何を考えているのかさっぱり分からないがこれでも一応命の恩人なのだ。警察につき出すような真似はしたくなかった。

「あなたという人は本当にっ、一体何を考えてるんですか」

あせりと呆れの混じった怒声とでもいうような声を聞いて航太はあれ？　と思った。ねじ上げられた形でびくともしない航太の腕から男の手を引きはがしている人物を見て驚く。そこにいたのは昨日の執事タイプのイケメンモデルだったからだ。

◆

「本当に申し訳ない。私の監督不行届です。まったくこの大馬鹿者っ、少し目を離すとこれだ。どうしてあなたはいちいちいちいちこうもわけの分からない行動を取るんです」

一色時宗（いっしきときむね）は久遠航太に頭を下げるのもそこそこに男を叱責していた。

「なんだ一色、遅いじゃないか。いやあ君にも見せたかったな。俺の目に狂いはなかったぜ。なかなかの逸材だ」

一色の苦言をあっはっはと愉快そうに笑い飛ばし、宝物でも見つけたように目を輝かせているのは獅子原烈だ。

「ふざけるなよ、獅子原。いい加減にしろ」

思わず獅子原の胸倉をつかみ、揺さぶるが、相手は獅子原。どこ吹く風といった調子だ。

「ええっ、あの……」

おろおろしている久遠に気づき、一色は獅子原をつき離し、取り繕うように眼鏡を押し上げる。

「ああ、これは失礼。こちらの話ですのでお気になさらず。さて、前々から申し上げておりますが、獅子原班長？　貴殿、いい加減にご自分の立場をわきまえなさいませ。いきなり他人様に殴りかかるなどと、一体どこの愚連隊の所行なのやら」

一色はこと獅子原に相対する時、声も顔も皮肉で満ち溢れている自覚があった。よろしくない。まことによろしくない。かように粗暴な振る舞いは己の美学に反するのである。だが、相手が相手ゆえ仕方のないこと——。自らにそう言い聞かせ、一色は毎度忸怩たる思いを飲み下す。

「愚連隊？　いつの時代の人間だ、君」

「は？　あなたの愚行にはこの上なく似合いの表現だと思いますが？　ええ、よろしいです？　ちょっと、お分かりになっていないようなので説明させていただきますが、現状あなた、この方やこの方の所属する部隊から警察に突き出されても文句は言えない立場にあるんですよ。分かってらっしゃるんですか？」

「そんなことはしないさ。なあ君、久遠君？」

　制服の胸につけた名札を読むそぶりで獅子原が小首を傾げる。不意に話を振られた久遠は気の毒なほど困惑していた。

　久遠航太。大学を卒業して一年、このショッピングモールを警備する会社で一般警備員として働いている。

　誠実な仕事ぶりは先日拝ませてもらった。頭も容姿も悪くない。目が大きくて、くるくるとよく動く。くるみに夢中なリスのようなというか、毛糸玉で無心に遊んでいる子猫のようなというか、何かしら庇護欲に訴えかけるものがある。青年というより少年に近い印象だ。

「ええ？　えっと、すみません。もしかして、スーツを燻製にされて怒っておられます？」

　もしかしてあの時、着ておられたのは撮影用の衣装だったりしたのかと、と小さな声でひとりごとをつぶやいているのが聞こえた。「俺の給料、一ヶ月分でも足りないかも……」

思わず笑いそうになるのをこらえる。獅子原を叱っている途中で甘い顔を見せるわけにはいかないのである。

　はははっと獅子原が笑う。

「なかなか面白いこと言うじゃないか君。しかし心外だな、この獅子原烈がそんな小さいことを気にする男に見えるのかい？　火災現場に飛び込むんだ、ああなるのは覚悟のうえさ。何にせよ君が無事で良かった」

　後半、突然の真顔で迫る獅子原に久遠航太がのけぞっている。

「ししはられつ……さん？」

　なんか強そうなお名前ですね、と久遠が言う。

　一色はため息と共に首を振って見せた。

「烈は奇妙奇天烈(きてれつ)の烈。よくもここまでぴったりの名前があったものだと感心いたしますね」

「おいおい、一色。よりによってそれを選ぶのかい。違うぞ、久遠君。苛烈に鮮烈、秋霜烈日の烈だ。烈と呼んでくれていいんだぜ」

「いや、それはちょっと……。あ、あの、そうだ。その節はありがとうございました」

　久遠は口ごもりながらも礼節を失わず、三歩ほど後ずさりしながら頭を下げている。

「なに、礼には及ばないさ。人助けは紳士の嗜(たしな)みだ」

　そう言うと、獅子原は軽く鼻歌を歌いながら満足げに空を見上げた。

「紳士？」

　鼻先で笑ってしまった。

「かような愚行を恥じもしない紳士がどこの世界にいると？　正気ですかあなた。まったく、どれほど治安の悪い世紀末覇者なのやら」

　獅子原が大きく目を見開いた。瞳に花が咲いたように嬉しげな色に変わるのを見て、しまったと思う。

　一色の皮肉はなぜか時折、獅子原を喜ばせてしまうのだ。

「治安の悪い世紀末覇者って言ったのか？　いやああいかわらず君は面白いな一色。久遠君も思うだろ。こいつの言うことといちいち面白いんだよ」

　なれなれしく久遠航太の肩を抱くようにして言う。

　いらっとした。

　明鏡止水、それが一色の信条だ。どんな時にも心穏やかでありたいと思うのに、この男はことごとくそれを掻き乱すのである。

「案ずることはないさ。そこに一つとあそこに一つ、あっちのテニスコートの角のもだな」

　嬉しげな顔で獅子原が順に指さして見せたのは監視カメラだった。

「残念ながらどれもちょっとだけ角度が足りない。つまりこの場所は死角なのさ。久遠君が黙っていればそれで済むわけだ」

　久遠航太は仰天している。

「あの、冗談ですよね?」

　嘘だろとつぶやいているが、残念ながらそれは本当だ。

　防犯の観点からは早急に改善する必要があるだろうなと一色も思うが、そんなことはどうでもいい。問題は獅子原だ。

　この男に何を言ってもムダである。もはやあきらめ半分、分かってはいるが、だからといって黙ってもいられない。自分が黙れば獅子原はさらに増長する。

「そういう問題ではございません。カメラがあろうがなかろうが、誰が見ているかも分からない場所でこんなことをして、動画でも撮られてネットに晒(さら)されたらどうするおつもりか」

「だーいーじょーぶだって。人の気配がすりゃ、こうやって手に手を取って、警備員さんと楽しくダンスをしてましたーとか言えばいいんだろ」

　獅子原に手を取られそうになって、すかさず一色はその手をはたき落とした。

「何一つ良うございません。まったく、世の中を舐めるのもいい加減にしていただきたい。あーもうっまったく。こんなのが班長だなんて、こんなのが班長だなんて、前世で私がどれほどの悪行を重ねたというのか」

つい嘆きたくもなるではないか。

獅子原がヒューと口笛を吹いた。

「おいおい一色。同じことを二度言ったぞ。いいのか君？　あんまり荒ぶると、どこに出しても恥ずかしくないお手前の一色時宗宗匠の名が泣くんじゃないのか」

カチンときた。

「久遠様、この度はこの痴れ者の不埒な所行により大変なご迷惑をおかけしてしまい誠に申し訳ございません。本来ならば私自らしかるべき筋に通報し、この愚か者を収監すべきところではありますが、諸事情あってそのようなわけにも参りません。どうかどうか、ここは私に免じてご海容下さいませ」

「あ、いえ、そんな……」

深々と頭を下げたので、またしても久遠航太を恐縮させてしまった。

「率直に申し上げて、あなたはもっと怒ってよろしいかと。ほら、班長、行きますよ。これ以上、仕事の邪魔をしてはなりません」

「ははは。んじゃ、久遠君、またな」

嬉しげに手を振る獅子原を引きずるように連行していく。背後で制服姿の久遠航太が丸い目を見ひらいて呆然と立ち尽くしていた。

◆

数日後の朝、防災センター前での出入管理を終えた航太は隊長に呼ばれた。

本社から部長が来ているという。

「何だよ久遠、何かやらかしたんかい？」

冷やかし半分、心配半分の先輩方に送られて、裏手にある物置部屋につれて行かれた。

ここを使うのはプライベートな話をする際か、よほど深刻な指導が行われる場合だ。

航太の脳裏に浮かんだのは二つだ。

クロさんたちとの挨拶や会話が問題視されたのか、それとも先日の意味不明イケメンたちとのやりとりが実は誰かに目撃されていて、警備員の職務怠慢とか何かで事案に発展したのではないかと思ったのだ。

本当にあのイケメン二人のやりとりは何から何まで意味が分からなかった。例の立ち入り禁止エリアが監視カメラの死角になっているのも本当だったのだ。

悪夢でも見た気分だ。もっとも航太が悩まされている悪夢に比べれば罪がないけれど。

だが、部長の話はそのどちらでもなかった。

「久遠、君に転籍出向してもらうことになった。といっても、もちろん君の同意なしにはできないことなんだが」

「え？」

唐突すぎて一瞬、意味が分からなかった。

出向自体は珍しいことではない。グループ会社間で、出向の形を取って人数の過不足を調整するのはよくあることだ。

他隊に所属していた顔見知りが先日、他県へ出向となったし、航太と同じ隊にもグループ会社への出向から戻って来たばかりの先輩隊員がいる。

しかし、航太に示された会社名はまったく聞き覚えのないものだった。

部長に確認すると、やはりグループ外の企業らしい。しかも、航太に求められているのはよくある在籍出向ではなく、どうやら雇用契約自体も向こうの会社と結び直すものらしかった。

クビということなのか？　そう考えた航太の脳裏をよぎったのは、警察官採用試験の際の銀髪の面接官の険しい顔だった。

なぜ警察に採用されないのか分からないが、今になってそのことが会社にも知れ、問題になったのかと思ったのだ。警察官として不適任ならば警備員としてもよくない人材と判断されてもおかしくはなかった。

「久遠が警察官志望なのは分かっているが、まあ、それまでの間、色んな仕事を経験するのも悪くないんじゃないか。いやちゃんとした会社だよ？　ウチとも取引がある。そこは心配しなくていいよ。待遇も向こうさんの方がウチよりはるかにいいようだし」

「はあ……」

「何、どうしてもイヤなら辞めればいい。その時にはまたウチを受験しなさい」

そんなんでいいのだろうかと思ったが、航太には断る理由も見つからず、話を受けることになった。どうせ警察官になれないのならば何の仕事をしても同じことだと半ばやけくそ気味での決断でもある。

話が進むのは早く、いきなり翌週からの転籍だという。

元々人数に余裕がないので、航太が抜けると隊のシフトに穴が空いてしまう。

シフトを作る係の副隊長はシフト表を眺めながらうなっていた。

スキンヘッドのコワモテでとても厳しい先輩だ。航太も配属当初は彼にしごかれたし、もたもたしていて怒鳴られたこともある。正直、ちょっと苦手だと思っていた。

「ご迷惑をおかけして申し訳ありません」とこわごわ頭を下げると、副隊長は意外にも笑顔だった。

「大丈夫だよ気にすんな。そんなの何とでもなるわ。ウチじゃよくあることだ。大体お前のせいじゃないだろが。上の決定なんだからしょうがねえよ」

確かに航太も欠勤などによる急な穴を埋めるために夜勤明けに帰れなくなり、そのまま次の勤務についたようなことが何度もある。若手隊員はそういう役回りなのだ。

「それより久遠、向こうじゃどんな仕事をするんだ？」

「いえ、それが。部長もよく分からないみたいで」

「何ぃー。本当かよ」

天を仰いでいた副隊長がこちらに向き直り言った。

「久遠はさ、まじめだし呑みこみが早いから、正直いいのが来たと思ってたんだけどなあ。警察もなかなか受からないみたいだし、このままウチで鍛え上げてやろうと思ってたのに残念だよ。まさかよそにかっ攫われるとはなあ」

豪快に笑う副隊長に、そんな風に思ってくれていたのかと、航太は胸が一杯になった。ああ、移りたくないなと今更ながら残念に思う。

「お前ならどこへ行っても大丈夫だとは思うけど。いい職場だといいな」

「はい、ありがとうございます。一年間ご指導いただき、本当にありがとうございました」

最終日、夜勤明けをもって一年勤めたこの施設ともお別れとなる。隊長を始め先輩たちは惜しんでくれたし、皆でお金を出しあって記念のタオルセットを持たせてくれた。

航太も前に辞めた先輩にならい、お菓子のつめ合わせを買って皆に配った。シフト制の宿命で、最終日といえども会えない人がたくさんいるため、先にお別れを済ませておくのだ。

清掃スタッフのおばさんたちにも巡回中、会う人ごとに順に挨拶をした。皆が残念がってくれたが、航太には挨拶をしておかなければならない人たちが他にもいた。

クロさんたちだ。

四月も残り数日となり、冷え込むことはなくなっている。日増しに緑が濃くなる季節だ。ペットボトルのお茶と缶コーヒーを持って挨拶に回った。

クロさんは驚き、それから寂しそうな顔になった。

「そうかい、よそに行くんか。でもさ、そうやって選ばれるってことはおめえさんに見所があったってことだよ。新天地に行ってさあ、まあ、がんばんなよ。しっかし、そうかい。寂しくなるなあ」

邪気のないクロさんの言葉に嬉しくなったが、心のどこかに疑心もあった。本当に自分は選ばれていくのだろうか？　今の警備会社からすると不適任な人材を厄介払いするのに丁度いい先が見つかっただけのことなのかも知れない、なんてつい考えてしまう。

とはいえ、クロさんには関係のないことだ。

「短い間でしたけどお世話になりました」

そう言う航太にクロさんは「よせやい」とそっぽを向いてしまった。

「世話になったのはこっちの方じゃねえか。おめえさんがこうやって声をかけてくれるの、おいらは本当に嬉しかったんだぜ、人間扱いしてくれる若いのがいるってのがさ」

「そんな。当たり前でしょ」

航太としては普通に顔なじみに挨拶をしていただけのつもりだ。

「いんや。ホームレスなんざ人間じゃないと思ってるヤツぁ多いよ。汚い臭い、ゴミみてえなヤツらだってな」

確かに航太だって彼らの置かれている厳しい状況を知らないわけではない。

しかし、人間の種類に違いがあるはずもない。気負っているわけでも何でもなくて、単に挨拶をせずに通りすぎるのが気持ち悪かっただけなのだ。

「また来ます」

何と言えばいいのか分からずそう言うと、クロさんは「ダメだよぉ」と笑った。

「おめえさんは新天地でがんばらねえと。おいらたちのことなんて気にしなくていいんだよ。ま、たまーに思い出してくれると嬉しいけどな」

照れ笑いするクロさんの言葉に、買い物のついでにでもまた来られるといいなと航太は思っていた。

ゲタの人は数週間前から姿を見せなくなっており、クロさんいわく、場所を移動したのではないかということだった。新陳代謝ではないが、一人が去ればまた別の誰かがやってくる。そんな入れ替わりは珍しくないのだ。

アシカさん他の数人に挨拶を終え、最後に訪れたのは例の老ホームレスのもとだった。

冬のことがあるので、声をかけない方がいいのだろうかと思わないでもなかったが、
彼だけ無視して通りすぎるのも気持ちが悪い。

「あの、すみません」

航太はおそるおそる声をかけた。

答えがないので一人で喋(しゃべ)る。

「冬の時はすみませんでした。施しとかそんなつもりはなかったんですけど、勝手に食べ物持って来られても困りますよね」

お茶もダメだよなあと思ったが、一応訊いてみる。

「あの、もし良かったらお茶かコーヒー飲みませんか？　お餞別(せんべつ)っていうのかな？　あ、違うか。ま、いいや。俺、来週から転籍になるんです。ここの勤務は今夜が最後なので」

老人はあいかわらずぶかぶかのスーツを着て、膝の上で首を曲げている。

寝ているのか、と思い、いやなら捨ててもらえばいいかと、勝手にお茶を置いていこうとしたところで声が聞こえた。

「そうなんか。あんた、よそへ行くんやな」

消え入りそうな関西弁がなぜかとても心を揺さぶる。きれぎれに発せられる老人の言葉だ。ともすれば聞き取れないような小さな声に、ぴちゃぴちゃと粘る水音が混じるのだ。

「警備員、辞めるんか？」

そう訊かれ航太はびっくりした。

「え、いや、そんなつもりはなかったんですけど……、っていうか新しい仕事がなんなのかちゃんと聞けてないんです」

苦笑する航太をいつの間にか顔を上げた老人がじっと見ていた。

深い皺が刻まれた赤銅色の顔をごま塩ひげがまばらに覆っている。

老人は歯のない口をもごもごと動かして、懸命に言葉を発していた。

「施し、言うたん、悪かったたな」

航太は驚いて、首を振る。

「え？　ああ、そんな。いえ、俺が悪かったんです」

「そんなことあらへん」

それきり老人は黙ってしまった。

航太も黙っている。

とりあえずお茶とコーヒーを渡すと、老人はにっと笑った。

「コーヒか。ああ、久しぶりや」

　震える指先で苦労してプルタブを引き上げようとしているのを見て航太は遠慮がちに声をかけた。また怒られるかと思ったが、素直に缶を差し出したので慎重にあけて渡す。

　両手で缶を支え、こくこくと少量ずつ飲んでは、はあと満足そうに息を吐く。

　夜風に木々の呼吸する緑の匂いが混じっている。コーヒーと老人の体臭、決していい香りとは言えなかったが、ここでこうしているのは苦痛ではなかった。

「俺、本当は警官になりたかったんです。でも試験に通らなくて。つなぎでここに来たんですね。そしたら転籍になってしまって。やっぱり警察は無理ってことなのかなあ」

　苦笑混じりにつぶやいた。老人の目が航太に注がれているので、問わず語りに語ってしまったのだ。

　老人はくぼんだ目を見開いた。

「警官、なるんか？」

「そうですね、採用してくれるところがあればですけど」

「危ないんと違うんか」

「どうなんでしょう。部署によるのかな」

　この時、航太が老人の声に感じていたのは慈しみだった。

　何かを思い出す。何かというよりは誰か、その人と喋っている時に感じたものととても似ていた。

祖父母、いや亡くなったひいおばあちゃんかと思い当たる。

眩しいものでも見るかのように目を細めて航太を見ている老人に、航太は何だか面映ゆくなってきた。

「まずは警官になれないことには、ですね」

そろそろ中腰で座っているのも疲れてきた。これを潮に防災センターに向かおうかと考えていると、地面に缶を置いた老人がぶかぶかしたスーツの内側に手を入れている。

彼が取り出したのは古い写真のようだった。

促されるまま受け取る。

若い女性が赤ちゃんを抱いている姿が映っていた。写真の色あせ具合から見ると相当年月が経っていそうだ。デジタルプリントではなく、フィルム撮影されたものらしい。

「これはどなたです？」

「娘と孫や」

「可愛いですね」

丸々とした赤ちゃんは本当に愛らしかった。

老人は不器用に笑みを浮かべる。

「じゃあ、そろそろ行きますね。どうぞお元気で」

写真を返し、立ち上がり頭を下げた。

膝のあたりをつかまれて、え？　と見ると老人が見上げていた。まっすぐな視線がこちらを向いている。

「孫は警官になったんや」

「え、そうなんですか？　はは、うらやましいな」

「殉職した」

老人の口からぽつんとこぼれた言葉に航太は衝撃を受けた。

「大きな地震が来た時にな、崩れそうになった建物に取り残された子供を助けて、代わりに下敷きになってしもたんや」

声が出なかった。

「そ、うだったんですか……」

「死になや」

唐突な言葉に驚いて、再びしゃがみ老人と目線を合わせた。

何と答えれば良いのだろうと考えるが、まるで答えが見つからない。

ご愁傷様です？　違う。

残念でしたね？　違う違う。

俺は警官になっても死にません？　ちげえよバカ。なんでそんなことが言えるんだ、と叫びたくなった。

そんな航太の表情を読み取りでもしたのか、老人はゆるゆると首を振る。

「孫はな、みんなにほめられたんや。テレビにも新聞にもたくさんな、警視総監から花が来て、みぃんながな、お宅の孫は偉いねえ、警官の鑑やなあて……せやけど、わしはなあんも偉いと思わへんかった。アホや。大バカモンやお前は、言うて仏壇の前でな。あの子がな、こーんな小さな骨壺になってしもうて」

そこまで言うと老人は黙ってしまった。

ずずずと缶に残ったコーヒーをすする音が聞こえる。

「あ……」

言葉が出てこなかった。何か言わなければならないと思うのに声が出ない。

警察官志望の人間として尊敬する？

彼を誇りに思う？

実際、航太もそんなことを考えたことがある。もしも市民と自分の命、どちらか一方しか助からない局面に陥ったとしたら、問答無用で市民を優先すべきだと考えてきた。

当然の心構えだろう。人を守るために警察官になるのだ。自分だけが助かって市民を見殺しにするなんて、たとえ周囲が許したとしても、航太ならば自分で自分が許せなくなるだろうと思っていた。

だが、それを今、目の前の老人に言えるのか？　あなたの孫は職責をまっとうした立派な警察官でした。尊敬します？

言えなかった。

「そんなん言うたらアカンって、娘にもよう怒られたわ。あの子が浮かばれへんやないのって……。せやけどわしはあの子に生きてて欲しかったんや」

航太はうなずくことしかできない。

「死になや」

老人が繰り返す。

老人の声は弱々しくて今にも消え入りそうなのに、胸の奥をえぐるかのように深いところに突き刺さった。

「あんたはな……何があっても生きて帰るんや。もうアカンと思うても、そこで、あきらめたら、終わりなんや。どんな、ことが、あっても、あきらめたらアカン。あんたを待ってる人が、どんなけ悲しむか、よーう、思い出すんやで」

ひいばあちゃんのような慈愛に満ちた声でとぎれとぎれに言う。

子守歌のようだと思った。ひいばあちゃんが昔、幼い航太に歌ってくれた。何かに包まれるような安心感、自分を思ってくれる人の愛情、祈り。そんなものを感じたのだ。

「は……い」

航太はうなずく。今だけは、自分は警察官になれないかも知れないとは思わなかった。

夜勤の間、航太はずっと考えていた。

自分は老人のことをホームレスとしか見ていなかったのではないかと思ったのだ。

もちろん、それはその通りなのだが、挨拶をしながらもどこかで特殊な人間のように見てしまっていた気がする。

今の境遇に至るまでにどんな事情があったのかは分からない。だが、あの人はおそらく関西の方の出身で、娘がいて孫が成人して警察官になり、少なくとも地震で孫が殉職するまではきっと傍(そば)にいて見守っていたのだ。

あの人が背負っている人生。それが幸せなものなのか、苦しいものだったのか航太には分からない。それも含めた彼という人物を本当に見ることができていたのだろうかと自問した。

クロさんやアシカさんたちにしたってそうだ。彼らはホームレスという特別な人種などではない。一人一人、さまざまな人生を歩んできたかけがえのない人間なのだと改めて思い知らされた気がした。

夜中、四時間の仮眠を取り、七時から朝の巡回に出かける。

すでに早番の連中が外部に面する通り抜け可能な扉を開けたり、エスカレーターを動かしたりしていた。

今日も新たな一日が始まる。館内の窓から高い場所を走るモノレールの車体が朝日に輝いているのを仰ぎ見て、航太はふうと息を吐く。

いよいよここで行う本当に最後の巡回になるのだ。

施錠されているガラス扉を開いて外に出る。朝の太陽に温められた草木と潮風の匂いを胸一杯に嗅いで野外デッキに向かい歩く。

クロさんたちの姿はすでにない。いつもと同じようにきれいに片付けて立ち去っている。

ふと、違和感を感じた。ウッドデッキから外れたアスファルトの方向だ。

何かある。本来そこにはないはずのものだ。

そこが老ホームレスの定位置であることに気づいて、あれ？　と思った。そういえば老人がいつも着ている古びたチェック柄が見えるようだ。

「寝坊かな？」

昨夜の会話を思い出すと少々気恥ずかしくなったが、最後にもう一度言葉を交わすことができることを喜び、航太は足早に老人のもとへ向かった。

「おはようございます」

老人はいつも通り、大切そうに抱えた紙袋の上に細い首を折るようにしてうずくまって寝ていた。朝の光の中で見ると、老人は一層小さく、皺だらけだった。

声をかけるが返事がない。

「昨日はどうもありがとうございました。いただいた言葉を大事にします」

もし、と声を大きくしてみたがまるで反応がない。具合でも悪いのだろうかと心配になった。

「すみません、そろそろ……」

遠慮がちに肩に触れると、老人の身体がぐらりと傾いだ。

危ない、ととっさに支える。触れた手のひらがとても冷たくて、航太は驚いて老人を揺さぶった。

「え、ちょっと、しっかりして下さい。大丈夫ですか？　聞こえますか？」

叫ぶようにして言う。老人の首ががくりとなって、顔が見えた。血の気などなく、紙のように無機質に思える。

彼からはすべての表情が消え失せていた。眉間に刻まれた皺はそのままながら、苦しげに唇を歪めることもない。

ただただ静かだった。

「嘘だろ!?　ねえ、あの、ちょっとしっかりして下さい」

名前を呼ぶことさえできなかった。知らないからだ。

航太の連絡を受け、ＡＥＤを持って飛んできた先輩たちは老人の様子を見ると、「あーもうダメだなこれは」と顔を見合わせた。

「久遠、もう無理だって」

額から汗を滴らせて心臓マッサージをしている航太の肩に手をかけ、やめるように促す。

「でもっ」

「救急車要請してるから。あとは救急隊に任せろ、なっ？」

そう言って引きはがされた後も航太は両手の震えが止まらなかった。

夢だ。自分はまだ休憩中で仮眠用ベッドの中にいるのに違いないと思った。目が覚めたら、悪い夢見ちゃったなーと冷たい水で顔でも洗ってすっきりさせようと考えている。

だが、手の中に残る、とても人間のものとは思えない冷え切った肌の、弾力のないぶよぶよしたゴムまりみたいな感触はあまりにも生々しく、それが現実であることを突きつける。

到着した救急隊の手によって老人の身体がストレッチャーに乗せられていく。

カチンと小さな音がして見ると、アスファルトの地面の上に何かが転がっていた。

薄汚れた紳士物のハンカチで何かを包んであるようだ。ハンカチの隙間から金属のようなものが見える。

何だろうと拾い上げて、はっとした。

ゆうべのコーヒーの空き缶だ。間違いなかった。航太がコンビニで買ったのは発売されたばかりの新商品なのだ。

缶はきれいに洗ってあった。きっとあの後、不自由な足で水場まで行って洗って来たのだろう。

それに気づいた瞬間、腹の底から何かが噴き上げてくるのを感じた。

目の裏と鼻の奥がひりつくようだ。

ぼろぼろと涙が落ちてくる。うっ、ひぐっと声が出てきた。隣で先輩が「お、おい久遠。大丈夫か？」とおろおろしているのが分かったが、止められなかった。

「そっか、そうだよな。人が死ぬのなんて俺だって慣れねえもんな」

「だよなあ」

救急車のサイレンが遠ざかっていく中、二人の先輩が話をしている。

「久遠も最終日に災難だったよな。でもさあ、こんなこと言っちゃアレかも知んねえけど、ここではさ、よくあんだよ、こんなの」

その話は何度か聞いたことがあった。この場所や近くの公衆便所でホームレスが亡くなっているのが見つかることなどさして珍しくないのだ。

「さ、よく手を洗ってな」

「そうそう。そんで今日はさ、家帰って何かうまいもんでも食いなよ」

先輩たちはやさしく言ってくれたが、とてもそんな気分にはなれそうもなかった。

第一発見者として警察に事情を聞かれた際、おそらく最後に会話をしたのも自分であることを航太は正直に申告した。同席した隊長は経緯を聞いて一瞬渋い顔をしたが、咎め立てはされなかった。

警察は監視カメラの映像も確認したのち、引き上げていった。

ずいぶん簡単なんだなと思った。

午後には事件性はなく、病死だったという連絡が入った旨を聞かされたが、気分は晴れなかった。

折しも今日はゴールデンウィーク初日だ。

華やかな催し物の音楽、花、色とりどりのバルーン。楽しげにそぞろ歩くカップルや家族連れの笑い声が響く中、航太は最後の巡回をしている。

幸せを絵に描いたような家族連れ。お父さんとお母さん、幼稚園ぐらいの愛らしいお姉ちゃんとベビーカーの赤ちゃん。

そのお父さんに道を訊ねられた。お姉ちゃんはぴょんぴょん飛び跳ねながら、ベビーカーの赤ちゃんは不思議そうな顔で、家族みんなが航太の答えを待っている。

笑顔で案内しながら、航太はこの日のことを、あの老人のことを、この先、何があっても絶対に忘れないでおこうと心に誓った。

2

一、二、三……航太は重ねた手のひらに体重をかけ、ホームレス老人の胸を押していた。胸骨圧迫だ。心臓の上から拍動を再開させるべく、同じリズムを保って続ける。倒れてすぐだ。老人の身体はまだ温かかった。今度は間に合う。ここで手を離さなければ老人は死なずに済む。全身から汗が流れる。息が上がる。それでも航太は必死で心肺蘇生(そせい)を続けていた。

バキッと肋骨(ろっこつ)が折れる感触に一瞬怯(ひる)んだが、すぐに圧迫を再開する。

だが、老人が息を吹き返すことはなかった。

「午前四時五十二分、死亡確認」

白衣を着た医師が死亡を宣告する。

「お前のせいだ。お前が触らなければ爺さんは死ななかったんだ」

「人殺し」

鋭い声があちこちから上がる。群衆のまなざしはすべて航太に向けられていた。老若男女、防災センターの同僚たちや、クロさんたちの顔も見える。

「わざとだろう。ホームレスなんか死なせたって罪にならないと思ったんだろう」

「ちがっ、違います。そんなつもりじゃ」

必死で訴えるのに耳を貸す人はおらず、怒りと憎悪の視線が航太に突き刺さる。

なんで？　なんで？　俺があの人を殺すなんて。そんなはずないじゃないか。

それとも骨が折れたから老人は死んだのか？　じゃあ俺が？　俺が殺したのか⁉

「うわあぁっ」

叫んで飛び起きた弾みで天井に頭をぶつけた。いてえと思ったが、それよりも心が痛む。

何だよこの夢はと思った。今日から新しい会社に出社するというのに最悪の寝覚めだ。

裸足(はだし)のままハシゴを降りてカーテンを開けると外はいい天気だった。ストームグラスを眺めると結晶の一部が壊れて雪のように舞っている。

早朝のランニングに出かけると、いやな気分もあらかた消えた。

「よしっ」と顔を叩いて気合いを入れる。

まだ六時にもなっていないので足音を忍ばせて金属の外階段を登り部屋へと戻った。

シャワーを浴び、髪を拭きながら朝食の仕度をする。

狭い部屋だが、キッチンだけは立派だ。家族で使えるような三口のコンロと大きなシンクがある。冷蔵庫も大家夫婦の好意であらかじめ大型のものが用意されていた。

家財道具は小さなテーブル、ベッド、テレビだけだ。警察学校に行くのに荷物を増やせないと思っていたのであまり物がない。

薄切りの食パン二枚をポップアップトースターにセットして、フライパンにバターを溶かす。溶いた卵にマヨネーズと塩こしょうを入れ、適当にかき混ぜてスクランブルエッグを作った。

ずっと連勤で買い物に行けなかったので野菜がない。さっきからパックの野菜ジュースを口にくわえたままでうろうろしているのでこれで野菜を摂ったことにしておく。

ロフト型のベッドの下の空間に置いたテレビをつけると朝のニュースが流れてきた。

「今日の帰りに買い物寄るかなあ」

もっとも今日から勤める会社の勤務態勢も何も分かっていない。まさか初日からいきなり夜勤ってことはないだろうけど……。

新しい会社までの地図はもらっているが、結局何の会社か知らないままだ。

何度か検索しようと思って結局やめた。どうせ拒否権はないのだし、変な先入観を持ってネガティブな心持ちで行くよりは、まっさらな状態で出かけた方がいいんじゃないかと開きなおってやめたのだ。

ポンッと音を立ててパンが飛び出してきた。

部屋中に香ばしい匂いが拡がる。食パンが飛び出すのが見たくて、ずっと欲しかったこのトースターを冬のボーナスで買ったのだ。

そこまで考えて、ホームレスの老人のことを思い出し、しんみりした。

「やめよう」頭をぶんぶん振って、さっき見たいやな夢ごとまとめて追い払う。

今日から新天地で仕事なのだ。気持ちを切り替えて頑張ろうと考えながら、パンを載せた皿を持ってラグに座った。

大した料理はできないけれど、航太は基本的に自炊をしている。亡くなった父をはじめ、母はもちろん、祖父母からも食事は人間の基本だと叩きこまれているのだ。

『食を疎かにする人間に成功はない。仮に成功したように見えたとしてもそれは一時のこと、いずれ窮地に陥った際、そこで差が出る』

『いざという時に勝つのは食を大切にする者のみ』

みながみな、異口同音にそのような意味のことを言っていた。

あの人たちはまじめな顔をして何を言ってたんだろうなと、時折思い出しておかしくなるが、それでも幼い頃から言われ続けてきたので、身体に染みついてしまっていた。

最後にコーヒーメーカーで淹れたコーヒーをマグカップに注ぐ。

近所にはおいしいコーヒー豆を売っている店がたくさんあるが、安月給の身ではちょっとハードルが高く、結局スーパーで買ってきた安い粉を使っていた。

それでもうまい。香りだって格別だ。

使った食器を洗ってシンクに渡した細い水切りラックに置く。顔を洗って歯を磨き、洗ったYシャツとハンカチにきちんとアイロンをかけて袖を通した。

押し入れに突っ張り棒を渡してクローゼット代わりに使っている。

ネクタイをどれにしようかと悩んで、無難なブルーのストライプに決めた。といっても
ネクタイは三本しか持っていない。今までの仕事は通勤時にはスーツ着用と決められていたが、自転車通勤だったしすぐ制服に着替えてしまうので、あまり気にしたことがなく、リクルートスーツをそのまま使っていた。

新しい会社がどんなところか分からないが、第一印象は大事だろう。そう思った航太は狭い玄関の三和土(たたき)に座り込み、念入りに靴を磨いて家を出た。


新しい会社の社屋はありがたいことに家から近かった。同じ江東(こうとう)区内、そこもぎりぎり深川の中に入るエリアだ。

航太の住むアパートからは二キロ圏内なのでとりあえず歩いて行ってみることにする。

清澄白河から川を渡り、門前仲町(もんぜんなかちょう)のあたりで東へ折れる。目指す場所は木場公園の南西、運河と首都高に挟まれたあたりだった。

首都高がカーブしているのを目印に歩いていると、突然木がもこもこしている場所に出た。

あれ？　と思う。木場公園まではよく来ているのに、このエリアには足を踏み入れたことがない。まったく見たことがない景色だった。

神社か何かだろうかと思いながら近づくと高い金属製の門扉があり、その奥に緑の木々を左右背面に従えるようにして建物が建っている。

「もしかしてこれなのか？」

一瞬、どこかの国の大使館か博物館だろうかと思ったのだが、教えられた住所を確認するとやはりこの建物のようだ。

インターホンで来意を告げると、「そのままお進み下さい」と声が返り、左右に門が開いた。門柱に監視カメラがあるので、そこから見られているのだろう。

一礼して、中に進む。

広い敷地に手入れの行き届いた立派な木々、建物はかなり歴史がありそうだ。

航太はあまり詳しくなかったが、レトロモダンとでも呼ぶのかも知れない。建物の角が優美な曲線を帯びたデザインで、上から見ればなだらかな楕円(だえん)を途中でへこませたような形に見えるだろうと思われた。

建物全体がクリーム色で、一階正面の入口はブロンズ色のガラス扉が二枚。細かな彫刻を施された金色の取っ手がついていた。

正面から見ると二階の窓には三ヶ所、美しい幾何学模様のステンドグラスが嵌(は)めこまれている。

全体の調和が取れているのと、古いせいもあるのだろうか、落ち着いた佇まいで上品な印象だった。

よく分からないまま、何だかとても優雅な雰囲気を嗅ぎ取り、航太は戸惑いを覚えた。

「マジで何の会社なんだろう……」

社名が書かれているのは入口左手のアプローチに立っているオブジェっぽい看板だ。金色の文字でUnited4と書かれている。流麗な筆記体だ。ユナイテッド4。多分、社名を知らなかったら読めないだろうなと思った。

右手奥に何かの建造物がある。平屋建ての屋根が見えるので、ちらっと覗いてみてびっくりした。

思った以上に奥行きが広い土地だ。建物と見えたのはどうやら駐車場らしく、国産の超高級車や黒塗りの大型ワゴン車などが停まっている。そのワゴン車は窓にスモークが貼ってあるのか中が見にくい。

んん？　と思う。都心とは思えない広い敷地、大邸宅のような社屋、見かけることさえ珍しい高級車の数々、これって本当に堅気の会社なのだろうかという疑問がわいた。

といっても今更逃げ出すわけにもいかず、玄関のガラス扉を押して入ってみる。

内部はしんとしていた。

最初に博物館のようだと思ったのもあながち間違いではなかったと思う。航太は美術館や博物館が好きで時折出かけるのだが、雰囲気というか空気がそれに近いのだ。

入口を入った左手には螺旋階段があって階上へと続いている。木でできた踏み板と金属製の手すりがシンプルながらとても洒落た意匠となっていた。

右側にはミッドセンチュリーのソファやテーブル、椅子などが置かれ、ちょっとした商談ができそうだ。

正面の壁にはモダンなシルクスクリーンの絵画が掛かっている。

受付のコンソールテーブルには飴が溶けたような形のシルバーメタリックの電話機が置かれ、間接照明で照らされていた。

どこもかしこもセンスがいい。

受付の電話で指示されるままソファに座って迎えの人を待つ。右手の最奥にエレベーターがあり、当初五階にあった表示が一つずつ下がってきていた。

いよいよだ。どんな人が現れるのかとドキドキしながら見ていると、エレベーターは二階で止まってしまった。

「やあ、航太」

逆方向から声が聞こえ、反射的に後ろを振り返る。

確かに自分の名前なのだが、あまりにも自然体すぎるなれなれしさに、よもや自分のこととは思いもせず、そのまま硬直した。

螺旋階段を二人の男が降りてくる。

どこのファッションショーかと思った。

「よっ、よく来たな。実にいい朝じゃないか。薔薇の花びらを縁取る朝露、クロワッサンとカフェオレ。パリ郊外のホテルの窓辺で見たかぐわしき五月の風を思い出すなあ」

なんて？　と思った。

舞台か何かのセリフのようだ。呆然と口を開けている航太に、とても美しいのにそれでいていたずらっ子のような笑顔を向け、声の主は左手をパンツのポケットに入れ、右手を軽くあげている。

「獅子原さん……？　ええっ？　は？」

なんでこの人がここにいるんだと思った。

隣にはやはり顔なじみの細い銀縁眼鏡をかけた執事イケメンがいて、苦虫を嚙みつぶしたような顔で烈を見ている。

「まったくあなたという人は。初日の挨拶がそれですか？　出社早々あなたの自己陶酔ポエムを聞かされる彼の不運に同情しますよ。久遠君おはようございます。私は一色時宗、今日からどうぞよろしくお願いいたします」

「は、はい。あの、こちらこそよろしくお願いします」

深々と頭を下げる航太にストラップ付きのＩＤカードを「さ、君のだ」と手渡しながら烈が笑っている。カードが意外に重くて驚いた。

「自己陶酔ポエムだって？　ひどいじゃないか一色。俺は最上級の歓迎を表しているつもりだぜ。なあ、君もそう思うだろ？　久遠航太君。通り一遍の挨拶をしたって面白くも何ともない。ならば俺は心の赴くままに語るのさ。心は自由だ。手に手を取って古代遺跡へ旅することも、地平線を駆けることも、時空を超えることだってできるんだ。なあ、世の中にこんな素敵な歓迎の挨拶があるかい？　今日からよろしく頼むぜ、久遠君。さ、行こうか、社長がお待ちかねだ」

「は、はい」

前に烈が一色の言うことが面白いとか何とか言っていたが、自分の方こそ相当なものではないかという気がした。

何が何やらよく分からないが、気圧(けお)されるまま二人にならってストラップを首にかけながら、慌てて彼らの後を追う。

先に立ってエレベーターの操作盤に手をかけている一色は本日もスリーピースだ。濃紺の高そうな生地に、上品な茶系のネクタイ。ネクタイのノットはこれ以上ないくらい端正で、しかも立体的に結ばれている。

ネットに書かれている通りにただ結んであるだけの自分のネクタイとのあまりの違いに恥ずかしくなった。

完璧な着こなしのダークスーツの首もとにぶら下げたＩＤカードすら格好よく見える。特別キザなことをしているわけでもないのになんでこんな、エレベーターのボタンを押すだけでファッション誌みたいに見えるのだろうかと真剣に悩んでしまった。

隣でスマホを見ている烈もまた今日は濃紺のスーツだ。一色よりもさらに深い紺色が色素の薄い髪色にとても似合っている。ネクタイはグレー基調で、よく見ると細かいドット模様が浮かんでいる。見る角度によって色や模様が変化して見える不思議なものだ。何がどう違うのか航太にはさっぱり分からなかったが、同じ濃紺のスーツを着用している二人の印象はまるで異なるものだった。

一色が正統派とすれば、烈は遊び心に溢れているとでもいうべきだろうか。

ネクタイの結び方やポケットチーフの畳み方、小物などの好みはもちろん、おそらくスーツ本体のシルエットやデザインにも違いがあるのだろうと思ったが、ひたすら圧倒されるばかりでよく分からない。

やはりここはモデル事務所、あるいは芸能事務所なのだろうと航太は考えていた。

航太が知らないだけで獅子原烈という男は俳優なのかも知れない。いきなり殴りかかってきたかと思うと、溢れんばかりの華やかで楽しげな（一色いわく自己陶酔の）言葉の洪水と、とにかく言動が常人のそれではない。

ということは自分は今日からマネージャー職に就くのだろうかと思った。

芸能界のことなど何も知らない自分にそんな仕事が務まるのだろうかと心配になる。

いや、それ以前にこんな個性的すぎる俳優だかモデルだかのマネージメントなんて荷が重すぎるだろう——。

航太の不安を置き去りにして、スーツ姿の超絶イケメン二人が歩いていく。

前を行く二人は長身でとにかくスタイルがいい。さらには姿勢だ。二人が二人とも、ピシッと背筋が伸びて、後ろ姿にさえ非の打ちどころがなかった。

「この五階がオフィスフロアだ。下の階には色々あるんでな。ま、お楽しみだ。おいおい案内しよう」

五階はエレベーターを降りたところが自動ドアになっていて、ＩＤカードをかざして開ける仕様になっている。

オフィスは広いが、航太が考えていたような机や椅子で島ができているというタイプのものではなかった。ところどころに形の違うデスクや椅子が配置され、十人以上が囲めそうな大きなテーブルやソファなども置かれている。壁は重厚な木目調であり、調度品も落ち着いたデザインのものばかりだ。

「うちはフリーアドレスだから、好きなところで仕事してくれていいぞ、といっても君の場合、事務仕事はごく一部なんだがな」

「あ、はい。承知しました」

マネージャーというより営業職なのかも知れないなと思った。

合計五十人分程度の椅子はありそうだが、オフィスにいるのは数人の男女だった。

挨拶をしながら通り過ぎる。

人数が少ないのは「他の部屋に拠点を置いている班もあるし、出払ってる班もあるんでな」ということらしい。

フロアの最奥に社長室があった。室というのは当たらないかも知れない。

透明のパーティションで囲まれたブースの中にデスクと簡単なソファセットが置かれているのだ。アメリカのドラマで見た弁護士事務所を連想する。

「入るぜ社長。久遠をお連れした」

ぞんざいにノックしながらパーティションを上から覗きこむようにして烈が言う。

あ、敬語じゃないんだと思ったが、売れっ子（？）タレントと芸能プロダクションの社長の関係とはこんなものなのかも知れない。

「ようこそ久遠君。社長の間宮だ」

立ち上がり握手を求めてくるのは恰幅のいい五十がらみの紳士だった。ほほえんではいるが目つきが鋭い。彼もまた高価そうなダブルブレストのスーツを着ており、烈や一色とはタイプの違う美丈夫だ。

と同時に航太は内心、あれ？　と思う。先日、モールで出会った際に一色と共にいた塩谷様が社長なのかと思っていたが、別人だ。

それだけではない。この人にかつてどこかで会っているような気がした。

懐かしいような、それでいて何か不安な気分になる。我ながら不思議な反応だった。

「少々強引なやり方になってしまって申し訳なかったね。君の以前の会社にも迷惑をかけてしまったな。どうしても君を引き抜けと、この獅子原がうるさいものだから」

鷹揚に言われびっくりした。烈を顧みると決まり悪そうな顔で肩をすくめている。

「おいおい君、それを言っちゃ身も蓋もないだろう」

子供みたいに唇をとがらせた烈が言う。明らかに何十も年長の社長さえもが「君」なのかとさすがに驚いたが、社長の方も気を悪くする様子もない。

「まあまあ、いいじゃないか。それで久遠君、君の配属だが、当面、遊撃ということにしようと思っている。色んな班を見てみるといい。その上で適性や君自身の希望から正式な所属を決めることにしよう。獅子原もそれでいいな？」

「ああ、異存はないぜ」

カチャカチャとかすかに食器の触れあう音。一色が銀のお盆に載せた紅茶茶碗を運んで来た。何となくこんなおしゃれなオフィスなら各自がコーヒーを買ってくるか、あるいはドリンクサーバーか何かで汲むのかと思っていた。実際、オフィスの隅にはコーヒー用のサーバーマシンがあるのだ。にもかかわらず、盆の上には銀のポットまで載っかっている。

低いテーブルの前で片膝を折り、優雅な手つきで紅茶を注ぐ一色を見ていると、やはり執事というのがぴったりだった。

勧められた紅茶は恐ろしく香りがいい。

「ん。さすが一色君の紅茶は一級品だな」

「恐れ入ります」

社長に褒められ、一色がうやうやしくお辞儀をする。

「一色の家は茶道の家元なんだよ。だからこいつ、お茶だけじゃなくてコーヒー、紅茶はもちろん、カルピスでさえ絶妙の濃度で仕上げてくるんだぜ？　俺は水もの魔術師って呼んでる」

「水もの魔術師」

つい烈の囁きを復唱してしまった。

一色は憮然としている。

「気に入りませんね。人を安っぽい道化師のように呼ぶのはやめていただきたい。せめて、おもてなしの粋を極めし者、ですとか、その程度は格式を。ああ、それからウチは分家なので正確には家元ではありません。誤解なさらぬようお願いしますよ、久遠君」

「おもてなしの粋を極めし者って君、語呂が悪いぞ。センスがないなあ」

　烈の揶揄に一色はつんと横を向く。

「そうそう、カルピスはあの時限りのものでございました。一夜の幻、二度目はありませんのであしからず」

「何ぃ？　カルピス作りは執事のたしなみじゃないか。おもてなしの粋だろうが」

　あれ？　と思った。烈の言葉に、もしかして一色は本物の執事なのではないかと思い当たったのだ。

　ということは、この会社は執事の会社なのだろうか？　執事を派遣？　いや、この容姿だ。執事カフェとかそんな感じの業務をする会社なのだろうかと思った。

　まさか自分も執事をやるのか？　思わずじっとカップを見てしまう。

　とてもこんなおいしい紅茶は淹れられないし、そもそも彼のような優雅な身のこなしなどできっこない。

「どうだい久遠君。ウチの会社でやっていけそうかい？」

　真正面に座った社長に訊かれ、航太は慌てて紅茶茶碗をテーブルに戻した。

「あ、あの、まずは職務内容を伺ってもよろしいですか？」

　え、と皆が顔を見合わせる。

「ん、言ってなかったか？」

烈が目をみはった。

「はい」

「お待ち下さい」

そう言ったのは一色だ。右手をすっと出し話に割り入るような仕草をし、眼鏡のブリッジを左手の人差し指でそっと上げる。流れるような優雅さだ。

「それでは何でございますか、獅子原班長？　あの日、彼を訪ねた際、あなたは来意についての説明もせず、転籍に関する彼の意向を訊くこともなく、いきなり殴りかかったという理解で合っておりましょうか？」

「あーそうだったかも知れんな。ははは、細かいことは忘れた。まあ、こうして航太もウチに来てくれたことだし、いいじゃないか」

「何一つ良うございませんが？」

「獅子原が大変な失礼をしたようで申し訳ない」

一色に獅子原が締められているのを横目に、社長は苦笑して頭を下げた。

デスクの上からリモコンを取って、壁掛けモニターの電源を入れる。

「ちょうど今、ウチが関わっている案件があるんだ。見てもらうのが早いだろう」

そう言って映し出されたのは朝のニュース番組の映像だ。

昨夜、航太でも名前を知っている世界的人気歌手のエミリア・オルテスが来日した。

空港の到着ゲートから現れたエミリアを待ち構えている大勢のファンの姿。

キュートな笑顔で手を振るエミリアの周囲を囲むようにダークスーツの男たちが数人、彼女を人垣からガードし、無線に何か言いながら先導している姿が映っている。

「これですか?」

芸能プロモーターの仕事もやっているということだろうか? と思ったところでソファに座り直した烈が紅茶のカップとソーサーをまとめて持ったまま長い足を組む。

「そいつらは大園班といってな、警察やら軍隊上がりの連中が権勢を振るっている、なかなかに感じの悪いヤツらだ」

そう言うと烈はにやっと笑った。

むうと声を上げたのは一色だ。

「それは私も否定しませんが、彼らが我が社の主力であることはまぎれもない事実。断じてそこをはき違えてはなりません」

「知ってるさ」

忠告めいた一色の言葉に烈は美少女みたいな顔で小首を傾げたが、その声にはひどくドスが利いていて、腹の底に響いてくるような低音だ。ちょっと頭が混乱した。

「あのぅ、もしかしてこの会社の仕事っていうのは……」

おそるおそる言う航太に烈がうなずく。

「そうだぜ。警備業法第二条第1項第四号、身辺警護を専門に行う会社だ」

「四号警備……」

いわゆるボディガードだ。

「警備」には四つの類型がある。

施設警備を行う一号。雑踏、交通警備の二号。貴重品輸送を担う三号。そして身辺警護の四号だ。

身辺警護と聞いてまず思い浮かぶのはアメリカのシークレットサービスや警視庁所属のSPだろう。

彼らは公的な機関に所属するいわば公務員であり、警護対象者も前者は主に合衆国大統領、後者は内閣総理大臣や衆参両院議長、国賓などということになる。

日本の場合、それ以外の民間人についていえば、いかなる要人であったとしても基本的にSPや都道府県警察所属の警護官が警護することはない。

つまり、民間人を対象とする身辺警護は「要人警護」とはいっても公的なものではなく、その担い手は民間の警備会社なのだ。

航太が前にいた会社は業界最大手の一つだったが施設警備や現金輸送が主で、身辺警護の仕事はほとんど扱っていなかったはずだ。

守るべきは命。

いざとなったら護るべき人の前に立ち、我が身を盾とする。

自分が目指した警察官の仕事により近いと思うのに、なぜか航太は不安を感じていた。

今までの警備とは比べものにならないような危険と隣り合わせの仕事だろう。もしかすると職務中に命を落とすことだってあるかも知れない。

いや自分の命だけではない。警護に失敗すれば警護対象者の身にも危険が及ぶはずだ。他人の命を預かる責任があるのではないか？

そんな仕事が自分に務まるのだろうかと思った。

不意に両肩に手が置かれ、びくりとした。

「おいおい君、そんな不安そうな顔をしてくれるなよ」

背後から烈の声が聞こえた。いつの間にか立ち上がり、航太の肩を後ろからつかんでいるのだ。火災現場で助けられた時と同じだ。彼の手や声からは力強い温かさが伝わってくる。

「大丈夫だ。いきなり最前線に送り出すようなことはしないさ。まずは研修を受けてもらおう。ウチの研修はちょっとすごいぜ？　何しろ至れり尽くせりだからな。そのプロセスを通して君はどんなことがあっても生き残るための知識や力をつけるのさ」

振り返れば烈は快活な笑顔を浮かべていた。一色もまた美しい顔で微笑している。

間宮社長がうなずく。

「警護は一人で行うものではない。必ず君を支える仲間たちがいる。どうか私たちを信じて欲しい。久遠航太君、是非ユナイテッド4の一員として力を貸してくれたまえ」

自分にはもったいない言葉だと思った。

「あ、ありがとうございます。精一杯努力します。どうぞよろしくお願いします」

深々と頭を下げる航太の耳に拍手の音が聞こえてきた。


「これから君には半年間の初任教育プログラムを受けてもらう。教育係の浦川(うらかわ)だ。よろしくな」

「は、はい。よろしくお願いします」

ユナイテッド4では基本的に新卒社員を採用しておらず、都度採用だそうなので、研修を受けるのは航太一人だ。

まずは座学からだ。警護理論はもちろん礼儀作法まであるらしい。

講師の女性は浦川そうびという。

そうびとは薔薇のことだと本人から聞かされ、つい五月のパリがどうのという烈の挨拶(?)を連想してしまった。男を薔薇にたとえるのもどうかと思うが、見た目だけでいえば、烈は朝露をたたえた淡いピンクやクリーム色の清楚(せいそ)な薔薇のイメージだ。中身はともかく、顔だけ見るとそうなのだ。

それに対し浦川そうびは濃厚な夜をまとった黒に近い真紅の薔薇だと思った。妖艶な美女なのだ。少なくとも第一印象は——などと考えている自分に気づいて、うわあと思った。どうにも烈に毒されている感が否めない。

研修は社屋五階のオフィスフロアの一角を使って行われている。

フリーアドレスなので毎日場所が変わるし、烈が時折ちょっかいをかけにくるのを除けば、さほど気が散ることもなかった。

むしろ、この美女と二人きりで会議室で研修を行う方が気まずいだろうと思われる。航太より相当な年上であることは間違いなかったが、黒目がちな瞳でじっと見つめられると魂を吸い取られるような気がして落ちつかない。

ただし、この人もまた烈同様、黙ってさえいればという注釈がつく。さらには服装や身なりをちゃんと整え、化粧をすればという条件があった。

初日の顔合わせで抱いた妖艶な印象は、翌日たちまち霧散した。

現場に出ない日のそうびは頭はぼさぼさ、化粧っ気もなく、首の伸びたスウェットにだぼだぼしたパンツ、ついでに便所サンダルみたいなものをつっかけて、ぺたぺた歩いている。

その姿を見た烈が、うおいっ！　と引きつった顔をした。

「おいおい姐さん、いくら何でもその格好はないだろう。俺は三年寝太郎の寝覚めシーンにでも遭遇してるのか？　頼むからちゃんとしてくれ。新人の前だぞ」

「うるさいぞ、獅子原。人間、常在戦場。寝ていると見せかけて、褌を締めているもんだ」

「いや、何でだよ⁉」

　いつも余裕綽々の烈が本気でつっこみを入れているのだから相当なものだろう。

　格好だけではない。そうびの喋り方や表情には色気も何もなかった。教本に目を落として声だけ聞いていると、目の前にいるのが愛想のないおっさんのような気がしてくるのだから不思議だ。

「以上が正常性バイアスだ。分かったか？」

「あ、はい」

　正常性バイアスとは心理学用語で、異常事態が起こった際にそれを正常の範囲ととらえ、過剰に反応しないよう抑制する心の働きをいう。

　たとえば、学校や職場で非常ベルが鳴ったとしても、どうせ誤作動だから大丈夫だろうと考える人は少なくないだろう。そもそも非常ベル自体に誤作動や誤発報が珍しくないせいもあるのかも知れないが、正常性バイアスの影響も大きいのだ。

　実際、いちいち大騒ぎをしてその度に不安にかられていては日常生活に支障を来してしまうだろう。

「これはあれだ。杞憂というヤツだな」

そうびがぼそっと言った。

「天井が落ちてくるんじゃないかと心配で夜も眠れないようじゃ大変だからな」

心の平穏を守るために必要な防御反応なのだという。

しかし、では本当に危険が迫っている際にはどうだろう。

大津波や火山の噴火などといった大規模災害が起こり、ただちに避難しなければ命が危ない時に、ことの重要性を認識しきれず、呆然としているうちに逃げ遅れてしまう人が多いのだという。

『もうちょっと様子を見よう』

『自分だけは大丈夫』

そんな心理が危ないのだと言われ、航太は、あっと声を上げた。

落合さん宅の火災の際に、自分だけは大丈夫、何とかなるんじゃないかという気がしていた。あれこそが正常性バイアスの働きだったのかと思ったのだ。

「なるほどな」

航太の話を聞いたそうびがうなずく。

「確かに、パニックを防ぐ意味ではこいつはいい仕事をするんだ。だが、同時にお前さんの火事の時みたいに判断を誤らせる悪魔的な側面も持っている。その二面性を十分に理解したうえで、そいつを飼い慣らして味方につける。それがユナイテッド4の人間に求められるスキルの一番目だな」

「はい……」

しかし、どうやって？　と思った航太にそうびは、うむと腕組みをした。

「理屈を教えることはできる。だがな、教科書通りにコトが起こるわけじゃあない。我々の現場は常に想定外と前代未聞の事態がまったく予期しない方向から飛びこんでくるもんだ。常に心して立ち向かわなけりゃならない」

これから始まる仕事の厳しさの一端がかいま見えた気がして、航太はごくりと唾を飲んだ。

「ま、それを頭に置いたうえで、とにかく経験を積むこった。あとはそう、訓練だな」

「訓練……」

前の職場では毎月、消防訓練が行われていた。警備だけではなく、施設の管理者サイドも交えて役割分担をシミュレートするものだ。ただ、実際の動作を伴うわけではないので慣れてしまうと物足りなくも思えた。

そうびは首を振る。

「訓練とあなどるなかれ、だ。いざという時、そうさな、判断に迷った一瞬が生死の分かれ目になるような事態に陥った場合でも、脳味噌（のうみそ）からの指令を待たずに動けるよう身体に何度も叩きこむ、それが我が社の訓練だ」

美しい顔や妖艶な雰囲気を入念にぶち壊すぼさぼさの頭でそう言い、彼女はうなずいた。


ユナイテッド4の自社ビル社屋は二階が道場になっている。

床はマット敷きで片側の棚にはダンベルやエキスパンダーなどのトレーニング器材、サンドバッグなどもあった。

座学研修の合間に、航太はここで格闘術の訓練に臨むことになっていた。

ユナイテッド4で採用されているのはロシア発祥のシステマ、イスラエル発祥のクラヴマガの二種類だ。もちろんそのほかに警察同様、剣道や柔道、空手といった武道も歓迎されるようで、有段者同士が手合わせをしていることもある。

講師役の先輩に言われるままにまずはシステマの呼吸法やストレッチといった基本から学ぶ。緊張をコントロールすることで困難に立ち向かうための精神を養うものだそうだ。

床に転がり、呼吸をしたり、緊張したり外したりとやっている横で上級者同士のトレーニングが行われていた。

ちらちらと目の端に入るのでどうしても気になってしまうのだ。

講師役の先輩、奈良がぐにゃっとおかしそうに笑った。

「そらそうやんなあ、隣であんなガチなんされたら誰かて気になるわ。ハア、ええでえ。ちょっと休憩して見学してみよか」

奈良はとても気さくで優しく愉快な先輩だった。おまけに情報通だという話で航太に社内のことを色々教えてくれている。

上級者の方を指さし、こそこそ囁く。

「陰険な方が大園班のエースや。元SATやかSITやかの出身らしいわ、人を殺すにも躊躇がない狂犬なんやで。はーこわいこわい。自分もあいつの前でモタモタしてたらどつかれるから、気ぃつけやぁ」

暑ぅと言いながら奈良がパーカーを脱ぐと派手な緑色の名入りジャージが出てきた。高校の時の体操服だそうだ。とても若く見える人なのでそのまま高校生でも通用しそうだ。

二人で並んで体育座りをして見学するが、航太にはどちらが陰険な方なのか分からなかった。

「対する悪人面は三下やな。時代劇の殺陣でいうたら主人公の登場五秒で斬られる役や」

こっそり囁かれ、見分けがついた。

エースと呼ばれた方は眼光が鋭く、不機嫌な表情を隠していないが、獅子原や一色とはまたタイプの違う美男子だった。

浅黒い肌で眉が太く目が大きい。唇もぶ厚くて肉感的だ。それでいて鼻筋がすっと通っていて少しエキゾチックな、それこそアラビアの王族の扮装が似合いそうな美貌だ。

その顔を闘志に歪め、相手を睨めつける様は狂犬というより古代ローマの戦士のようだ、と考え、またしても烈に毒されている自分に気づいて苦笑した。

しっかしなあ、と航太は思う。

烈、一色、さらにはこのエースに浦川そうび、ついでにいえば隣で毒のある関西弁を吐いている奈良もまた黙っていればジャージはともかく王子様のような容姿なのだ。

もしかしてこの会社はルックスも採用基準に含まれているのでは？　と疑念を抱いてしまうほどだ。

だが、奈良が三下と呼んだ男や先日のエミリアのニュース映像で見た大園班の男たちはそうでもないかと思いなおす。彼らもまたダークスーツを着用していたが、芸能人に見えるほどの美形はおらず、体格こそ総じていいものの容姿はごく普通の人々だった。

「さあ始まんで。おもろいからよう見ときや」

一人がナイフを持ち襲いかかるのを、受ける一人がかわすというものだ。

いかつい顔をした短髪の男がダミーであろうナイフを持っている。

と、エースの方が不機嫌そうに何か言う。

彼は細長いタオルを畳むと自分の目の上に巻いた。

「え、目隠しですか？」

「ふあぁ、さすが来栖。イカレとんなあ」

「来い」

低い声が聞こえた。来栖と呼ばれた男は後ろを向いて立っている。

短髪の男は無言だった。

足音も立てず、来栖ではなく航太たちの方へ突進してくる。呼吸を止めているようだ。

低く構えた右手に短くナイフが握られているのが見えた。

え、嘘。こっち来んの？　とあせったのも束の間、男はさっと方向を転じる。

次の瞬間、男は来栖の背後に立ち、首を狙い逆手に持ったナイフを突き刺そうとした。

突然、航太は頭が割れるような痛みに見舞われ、強く目をつぶった。吐き気がする。

ククリナイフ、と航太は呟く。

男が持っているのはおそらくダミーだろうが、ごく普通のアーミーナイフでククリなどではない。なのになぜと思った。

ククリナイフはグルカナイフとも呼ばれる特徴的なカーブを持つ刃物だ。イメージ的には鉈や牛刀に近い。

先日そうびの研修で習った。重火器からペン型の暗殺器具までさまざまな武器を紹介した動画に出てきたものの一つだ。

突然、その時に見たククリナイフの映像が頭の中で大映しになった。

ククリナイフ、自動小銃、手榴弾。血に染まった地面、折り重なった死体――。

途切れ途切れに見たことのないはずの映像が浮かんでは消える。

ククリナイフを持った男が振りかぶった先には跪く男がいた。目隠しをされ、後ろ手に縛られている。

ダメだ、そんな。やめてくれっ――。

「久遠君、久遠君?」

目隠しされた男の首が刎ねられる瞬間、自分を呼ぶ声が聞こえた。

我に返る。奈良が心配そうに自分の顔を覗きこんでいた。

「自分、大丈夫かいな、久遠君」

奈良を見て、そうだ来栖の実戦訓練の途中だったと思い出し、慌てて短髪男の方に目をやる。

短髪男の気迫と勢いは訓練とは思えないものだった。

ダミーのナイフが何でできているのか分からないが、先端は鋭利なものだ。あんなものが首に刺さって大丈夫なのだろうかと思った瞬間、短髪男の身体が宙を舞っていた。

「え？　え？」

何が起こったのか分からない。

来栖が短髪男の足を払い、柔道の一本背負いみたいな形で投げたような気がするが、一瞬すぎてよく分からなかった。

短髪男が床に伸びている。痛みで動けないらしい。

「今の何ですか？　あの人見えてないんですよね」

「せやな。しかも、三下の方はあれ、気配を消して忍び寄ったんやで。ああ見えて陸自の特殊部隊の出身やし」

奈良は隣で体育座りをしたまま目だけ動かし航太を見てうなずく。

「ぜんぜん三下じゃないじゃないですか」

「来栖の前にはそんな人間でも三下になってまうってこっちゃがな。えっぐいなあ。まさしく狂犬やで」

奈良は自分の腕を抱くようにしてちょっとわざとらしく震えて見せてから、にかっと笑って言う。

「もう大丈夫そうやな。さっきはどないしたん？　真っ青やったで。もしかして久遠君、格闘とか苦手なんかな？　せやったらなるべく荒事のない班、せやな、魚崎班かエスコート班か、うーん、いっそ営業とか……」

　航太は慌てて首を振った。

「ちが、違うんです。そんなことないです。さっきはちょっと一瞬気分が悪くなっただけで、なんでだろ。昼食食べすぎたのかな」

　あははと笑う航太に奈良はそうなん？　と首を傾げているが、そんなことよりももっと問題なのは来栖たちのレベルだ。

「何か自信がなくなってきました」

　思わず正直な気持ちが口をついて出る。

「おん？」

　あんなレベルの格闘術が必要な現場で人を護るなんてことが自分にできるのだろうかと思ったのだ。

　航太は確かに警察志望だったが、ＳＡＴやＳＩＴといった特殊部隊を目指すつもりはまったくなかった。彼らは警察の中でもエリート中のエリートなのだ。

　奈良は、ふはっと笑った。

「いやいや心配せんでもあんなん僕もでけへんて。常人にはでけへんでけへん、ってか、国内であんな現場に出くわすことなんかまずないわ。大体、そうなるのんを防ぐのが仕事やんか。そうび姐さん、言うてはったやろ？」

そうだ。ユナイテッド4の仕事は警護対象者を護ること。そのためには事件を未然に防ぎ、警護対象を危険にさらさないことが肝要なのだ。そこは一般的な警備と同じだった。

襲撃を起こされてしまってはある意味、敗北なのだ。

『警護には二つの側面がある。これはそのまま警護員の持つ特性にもつながってるな』

そうびはそう言っていた。

『まず、どんな敵が来ようとも己の力で護りきる。俺に任せろ子猫ちゃんとかいうマッチョ思考。こういうヤツらは激しい戦闘も辞さないが、それでは警護対象をも危険にさらしてしまう可能性がある』

もしかすると、この来栖がこれに当たるのではないかという気がした。

『そして、地道な情報収集と綿密な警護計画によって事件の芽を徹底的に摘むタイプだな。我が社の基本姿勢はもちろんこっちだ。パワープレイは最終手段。ゴリラ連中に出番が回らないに越したことはない』

そうびの講義を思い返している航太に、派手な緑のジャージで床に寝ころがりながら、奈良が言った。

「大園班は組織で動くからなあ。あそこにおったら多少自分はよわよわでも後ろで来栖みたいなんが守ってくれるっちゅー、ある意味、恩恵いうか安心感みたいなモンがあるねん」

「先輩は大園班ではないんですか？」

格闘術の指導をしているし、来栖や大園班の内情にも詳しい様子なので、彼もまたユナイテッド４の主力だという大園班の所属かと思っていたのだが、奈良はぷるぷると震えた。

「滅相もない。あんな窮屈なトコようおらんて。ふあー、考えただけでしんどなるやん。僕なあ軍隊と集団行動が大の苦手やねん。ま、いうたかて久遠君がどの班に行くんか分からんもんな。とりあえずどこでもやっていけるように訓練しょーか」

膝を抱えて丸くなり、ころんと反動をつけて起き上がるカエルみたいなジャージ姿の先輩に励まされ、航太は再度呼吸法の訓練に戻ることになったのだ。

それにしても、いったい自分はどうしてしまったのだろう……。

ロッカールームで着替えの手を止め航太は考えていた。

なぜククリナイフが出てきたのか？

あの映像はいったい何なのか？

悪夢に幻覚。自分の身の上に何が起きているというのか。

こんなことで本当に警護員が務まるのだろうか――。航太は自分でも気づかぬまま唇を強く噛みしめていた。

曇天に小型ドローンが飛び上がる。

どこまでも拡がる広大な緑地の上空でホバリングしている。航太がイメージしていたドローンよりはるかに小さなもので、ブーンという虫の羽音みたいなプロペラの音もよほど注意して耳を澄まさなければ聞こえなかった。

「すごいですね、これ」

思わず感心して言う。

「はは、そう大したものでもないんだけどね」

謙遜して言うのは魚崎班班長の魚崎孝次郎だ。航太は昨日から魚崎に同行して実地研修を受けていた。

魚崎班はメカニックの担当だ。

班長の魚崎はちょっと太めの眼鏡のお父さんといった感じの人でこれまでに会ったユナイテッド4の警護員とはまったくタイプが違う。穏やかで優しい喋り方をする、航太にとって癒やしだった。

魚崎班にはいわゆるオタクが集結しているそうで、メカニックだけではなくソフト開発、さらにはハッキング技能を持つ者までいるという話だ。

そうびいわく、「あいつらは怪しげな研究に余念がないからな」ということで、実際に彼らが開発した警備用ソフトが現場で使用されているらしい。

本日は立川市にある昭和記念公園で祝賀イベントがあり、それに参加する財界の大物を警護する予定だ。

警護対象がCEOを務める企業は現在、天然資源開発を巡るゴタゴタから脅迫を受けており、不特定多数の参加者が見こまれるイベントに参加する危険性を考慮し、万が一に備えることになったのだ。

丘陵地を利用した広大な公園だ。行き帰りの道中は車を利用するものの、イベント前後の滞在時間の警護にはどうしても穴ができてしまう。

そこで魚崎がドローンを飛ばし、大園班のバックアップを務めるのだという。

「このソフトって魚崎さんが作られたんですか?」

「ははっ、まあね。といっても技術的にはそう大したことじゃないんだよ」

そうは言うが、魚崎が携えているノートパソコンに映し出されているのは本日、配置される警護員全員の配置図だ。

実際に警護が開始されるまでには間があるのでソフト上に見えているのはダミーだが、GPSの情報から全警護員のポジションと移動状況が可視化されるそうだ。

さらにすごいのはどこが警備の穴なのかを瞬時に計算したうえで、その周辺をドローン搭載のカメラに監視させ、不審な動きをする人物や不審車輌があれば自動的に配置変更を行い、各警護員に指令を出す機能があるという。

そのような役割の班なので、魚崎たちは基本的にあまり現場に立たない。

今日も現場からは少し離れた無料エリアのベンチに座って作業をしていた。

一応は警備員登録もしているし、身体訓練もしているそうだが、あくまでも器材やソフトを使ったバックアップが主なのだ。

ドローン飛行の許可を取るのも魚崎の仕事だと聞いて驚いた。そういう事務的な処理をする部署があるのではないかと漠然と考えていたからだ。

「ウチの会社はねえ、班によって受ける仕事も違うし、必要なスキルも変わってくるからね。所属する班によって積める経験もずいぶん変わってくると思うんだよね。久遠君はどこの班がいいのかな？　もちろんウチに来てくれても大歓迎だよ」

ありがたい申し出だったが、航太にはソフト開発なんて技能があるわけもないし、それよりはやはり人と直接関わるポジションに就きたい気がした。

「うーん。まだ全然、分からないんです。でも、実践を積むなら大園班だと聞きました」

一色が言ったように、ユナイテッド４では大園班が主力であり、政財界の要人や大富豪などの警護、または殺人予告や深刻なトラブルが背景にあるなど、危険度が高い任務も大園班が担当するらしい。

そうびにも「フツーにお前さんがイメージする警護員を目指すならば大園班だ」と言われていた。

ただし、と彼女は付け加える。

『大園班には階級があるんだ。あそこに行くならヒラから始まり、当分の間はぺーぺーの悲哀に呻吟（しんぎん）することになるだろうな。縦社会なんだよ、体育会系だ。あたしは好かんね』

実は前の会社は階級制だった。昇任試験を受けて合格すれば給料も上がっていく仕組みだ。警備会社とはどこでもそんなものかと思っていたので、その仕組みが大園班にしか存在しないということで逆に驚く。

「じゃあ他の班というか、会社自体にはないんですか？　階級」

『ないよ、そんなもん。考えてもみろよ、魚崎んとこと大園んとこと同列に並べて評価できる物差しがあると思うか？』

「はあ、確かにそうですよね」

『それに他の班は階級制の必要がない』

そうびはそう言っていた。

どういうことか訊こうと思ったのだが、そうびに宛てた電話がかかってきて呼ばれ、話はそれきりになってしまったのだ。

今、目の前で行われている大園班のミーティングを見ていて、何となく分かった気がする。

警察や自衛隊、警備会社もそうなのだと思うが、組織立って動くためには階級制が有用なのだ。指揮命令系統が明白だからだ。

たとえば、上層部からの指示が届かず、現場の指揮官ともはぐれてしまったような場合、残ったチームはどう行動すべきかという問題が生じる。みなが好き勝手に動くことは許されない。それでは任務遂行できないし、部隊全体を危険にさらすことにもなるからだ。では、誰が指揮を執るのかというと、その中でもっとも階級の高い者ということになる。

警察や軍隊出身の人間が多いという大園班は、おそらくその理屈で動いているのだ。

本日の大園班は警護対象者に同行しているチームが三人、さらにこちらに先着し周囲を検索の上、警備に当たるチームは四名、加えて応援の魚崎と見学の航太だった。

指揮官は大園班エースだという来栖だ。

先着部隊のミーティングには航太も参加していたのだが、正直、圧倒された。来栖の目線一つでその意を察した隊員たちがさっと動くのだ。

「すごいですね。あれで伝わるんですか」

ため息をつく航太に魚崎が苦笑する。

「まあ、今日のメンバーは大園班の中でも精鋭揃いだからね。指揮官の顔色を読めないようじゃ出世は望めないとかそんな感じ? ちょっと何言ってるのか僕らにはよく分かんないけど、そんななんだってさ」

魚崎はそう言って肩をすくめている。

「すでに周知の計画より、変更点を告げる」

不機嫌そうだがよく通る声だ。来栖の言葉を隊員たちがメモに取る。一言一句聞き漏らすまいという気迫がすごい。

航太も慌ててメモを取った。

警護を行う際にもっとも重要なのは警護計画だ。

本日の警護を例に取れば、まずイベントの概要だ。主催者、イベントの規模、警護対象者が参加する催しの時間や参加人数はもちろん、参加者たちの属性、一般観客の有無、手荷物検査がなされるかどうかなどの情報を収集する。

さらには現地を下見し、警護対象者を乗せた車の動線、車を降りてから控え室までのルート、トイレ、舞台の位置、さらには近隣の襲撃可能ポイントなども洗い出す。

その上で時間ごとの警護員の配置や役割分担、有事の際の対応などをまとめたものが警護計画だ。

来栖が作成したという警護計画内容は昨日すでに全員に周知されていた。

航太も魚崎の説明を受けながら、内容を把握済みなのだが、こんなことどうやって調べるんだとか、ここまで調べるのかという驚きが勝っていて、ひたすら恐れ入ったというか、こんな中で自分が役に立てるんだろうかと不安になってしまったのだ。

今日のイベントは環境保全に取り組む非営利団体の表彰とウェブ上の国際会議、さらには人気タレントのトークショーが予定されている。

警護対象者は国際会議が終了したところで退出する。

タレントの出番の前なので観客はそれほどの数でもないと航太は思ったのだが、仮設観客席の整理券を求める列が早朝からできていて、結構な数の観客が入る見こみだ。

広大な芝生に仮設舞台が設営されており、その前に観客が入るエリアが設けられている。

来栖の説明によれば、観客席と仮設舞台の距離についてイベント会社から送られてきていた予定図と実測が異なるらしい。観客席が一メートル後方にずれたというのだ。遠くなったのなら安全が増すのではないかと思ったが、舞台と観客席の間に配置される予定の警護員の立ち位置を変えることにするらしい。

また、いわゆる雑踏警備のための警備員の配置についても言及があった。

随所に制服の警備員が立つのだそうだ。

「なら、安心なのでは？」

来栖とその部下たちが図面を覗きこんでいるのを横目に小声で訊くと、魚崎はうーんと丸っこい指で頬をかいた。

「一般の警備員さんとは仕事が違うからねえ。彼らは事故が起きないように心を砕くわけでしょう。久遠君も施設警備だったたんだよね？　たとえば買い物に来てるお客さんの誰かが命を狙われているから気をつけて、何かあったら護って下さいって言われても困ったんじゃない？」

そのたとえはすごく腑に落ちた。一般の警備員は会場の保安や観客の安全を守るためにここにいる。犯人捜しもできなければ、警護技術も持たないはずだ。どちらが上とか下とかではなく、役割が異なるのだ。

イベントは午後一時から、警護対象者の現地到着はその三十分前だ。

十一時、航太には三十分の休憩が与えられた。他の大園班の隊員二名と一緒だ。

「あ、じゃあ久遠君、先に休憩行ってきて」

パソコンに向かって高速で何かを入力している魚崎はそう言って、二人の隊員に紹介してくれた。

「彼は新人の久遠君。今日は研修でね。分からないことも多いと思うから、よろしく頼むよ」

公園内のカフェで一緒に軽食を取ることになった。

四十絡みのいかつい顔をした隊員は元警察官、もう一人、三十代とおぼしき隊員は元海上保安官だそうだ。

なぜ、その仕事を辞めたのかを訊きたかったのだが、とてもそんなことができる雰囲気ではなかった。

威圧的なのだ。特に階級が上だという四十代隊員の方がすごい。

「久遠君は新卒？　あ、ではないのか」

「何を言っている。ウチは新卒は採らん。社会で揉まれた経験のないヤツは即戦力にならんからな」

航太が返事をする前に四十代隊員に割りこまれた。

「あ……はい、警備会社におりました」

「え？　一般警備だったってこと？」

そうですと言う間もなく遮られる。

「何でだ。それなら警察の方が良かっただろうが」

「一応受験はしたのですが、試験に通りませんでしたので」

「ほおーん。それでウチに来たと？　そんなんで使い物になんのか」

あからさまに馬鹿にしたような顔をされ、航太は内心いやだなと思いつつ笑顔を作った。

「はい。がんばりたいと思います」

これは素直な気持ちだった。

いまだにどういうわけでこんなことになっているのかよく分からなかったし、まだまだ警護の仕事が具体的にどういうものなのか全体像が見えてきていない。

だが、どうやら「人を護る」仕事であることは間違いなさそうだ。それならば、自分が望んだ警察官の職務ととても近い。自分にとってチャンスなのではないかと思うのだ。

「おお、がんばれがんばれ。んで、お前どこの班志望なんだ？　魚崎んトコか？　ウチへ来るならしごいてやるぞ。まあ、警察や自衛隊、こいつみたいな海上保安官の経験もないってなると一兵卒からだ。這い上がるには並大抵の根性じゃ無理だろうがな。覚悟があるってんなら来い」

元保安官が慌てて取りなすように言う。

「ニシさんニシさん。今時そんな言い方したら新人が逃げちゃいますって。自分としちゃそろそろ自分より下の人間が欲しいんで、久遠君には是非ウチに来て欲しいけどね。ニシさんこんなこと言ってるけどまじめに努力する人間には優しい人だから安心していいよ」

礼を言って頭を下げ、所属はまだ決めかねていると言うと、ニシさんと呼ばれた元警察官が、フンッと笑った。

「間違っても獅子原んトコにだけはいくなよ。あんなとこ入ったら警護員人生終わりだぞ」

放言するような言葉に航太は思わずサンドイッチを口に入れようとしていた手を止めた。

「そうなんですか？」

「そうともよ。あそこは男芸者になりたいヤツが行くとこだからな」

元保安官が噴きだす。

「いやあ、ニシさん、いくら何でも男芸者はひどいんじゃ」

「ひどいことあるか。そうだろうが、あの連中、ちゃらちゃらと見てくればっかり気にしやがって。女の尻ばっか追いかけてやがる」

「うーん、どっちかというと女に追い回されてるような気もしますけど」

元保安官の言葉にニシさんは露骨にイヤな顔をした。

「相手はマル対だぞ？　何がどうなって、んなことになんだよ？　それもこれもみぃんな連中の脇が甘いせいだろうが。まったく、あんな連中が同じＵ４だなんてヘドが出る」

憎々しげに顔をゆがめて言うのだ。

ちょっとショックだった。

確かにおそろしく変わった人だとは思うが、航太としては烈にそこまで悪い印象は持っていないのだ。第一、彼は命の恩人だ。班が違うとはいえ、同じ会社の人間からこんな風に言われているとは思わなかった。

元保安官は困ったように笑っている。

「あ、あの、獅子原班はどんな仕事をされているんですか？」

航太の問いに彼は決まり悪そうに言った。

「うーん。まあイロモノって言われてるよね」

「イロモノ……ですか？」

「まあ正統派でないというか、よくいえば守備範囲が広いというか、そんな意味でね」

「お前ももごもご言ってねえで、パシッと言ってやりゃいいだろ。あいつらがやってんのは痰壺みたいな底辺の仕事だってな」

叱りつけるような口調で言われ、元保安官は首を振った。

「んにゃ、けど、ニシさん。自分はああいう人たちも必要だと思ってるんすよ。実際、あっちが受けてくれるから、自分らは泥をかぶらずに済んでるわけじゃないすか」

「それはまあそうだな。けどよ、あいつら、それを喜々としてやってやがるからなあ、俺にはまったく理解できん」

一体、獅子原班はどんな仕事をしているのかと心配になってきた。

先輩二人は食事を終えるのが早く、ぼんやりしていた航太は慌ててサンドイッチを野菜ジュースで飲みこんだ。

定刻近く、警護対象者の車が到着した。そのまま予定通りの動線を使い、控え室へと向かう。

それにしても警護対象者を囲む隊員たちはすごい迫力だ。ダークスーツの男たちは目つきの鋭さだけではなく、独特の存在感があった。彼らが歩いてくると、普通の人ならつい道をあけたくなるだろう。威圧感というべきかも知れない。

「何か、ちょっと獅子原さんと同じ会社と思えないです」

思わず言うと、魚崎がうなずいた。

「まあ、これがいわゆる見せる警備の真骨頂だよね。大園班はコワモテぞろいだし」

見せる警備とは、分かりやすく警備をしていることをアピールするやり方だ。

先進国の首脳が集まる国際会議やオリンピックなどの際に、日本中の警察官を動員してこれ見よがしに物々しい警備体制を見せるのが典型例。これほど厳重な警戒体制を敷いているのだ、つけ入る隙などないと、不穏分子が襲撃をためらうよう仕向けるものなのだ。

外の警備を担当している警護員には周辺の状況に注意するよう指令が出ている。

航太は魚崎に言われ、無線を装着してそのあたりを歩いてみた。

一応、航太もスーツを着用しているが、童顔なのがコンプレックスなのだ。今でも時折、高校生に間違えられるし、コンビニで酒類を買う際には身分証の提示を求められたりもする。スーツを着たところで新卒か、下手をすると就活生だろう。威圧感なんてかけらもないと自分でも思う。

無線にはひっきりなしに報告が入ってくる。

「ポイントA、西田。異常なし」

「ポイントD、入江。校外学習の小学生約三十人が警戒ラインX内に入っている。注意せよ」

警戒ラインXとは？　と渡された見取り図を見る。

舞台を中心に複数の線が引いてあり、舞台までの直線距離や侵入経路、障害物のあるなしによってそれぞれに警戒レベルが異なる。これは魚崎の計算ソフトによるものだった。

Xの方向を見ると、確かに小学生の一団がいる。

スパイ映画ならば、この小学生の中か、あるいは引率の先生の中に刺客がいるのかも知れないが、さすがにここは日本だ。そこまでの警戒は必要ないだろう——と、航太などは思うのだが、警護計画を作る際にはありとあらゆる可能性を想定しておくものだぞうだ。

木々の新緑、目にも鮮やかな芝生の広場を見ながらゆっくり歩く。

場違いにも何だか楽しくなってきた。

もちろん漫然と歩いていていいはずはないのだが、航太はどこか緊張感を持てずにいる。

大園班の一員として配置についているのならば何としても自分の守備責任をまっとうしなければならないと思っただろうが、今日は魚崎にくっついてきた見学のポジションなのだ。

何をどう警戒すればいいのか分からぬままに歩いていると、花壇に突き当たった。小学生たちが写生をしている。

ほほえましく思いながらさらに歩くと東屋（あずまや）のようなトイレの建物があった。

その脇にあるベンチで小さくなって座っている女性に気づいて、航太は急に胸が締めつけられるような思いがした。

どこか薄汚れた衣服に、ぱんぱんに詰めこまれた複数の紙袋と古びた鞄（かばん）。ホームレスだ。

以前、クロさんと話をした際に、昼間はどこにいるのかと聞いたことがある。

クロさんは空き缶拾いをしているそうだし、ホームレス仲間には昼間は日雇いの仕事をしつつ、夜の寝場所を求めて公園などにやって来るような人もいるらしい。

だが、仕事がなければ行くところもなくて、ひっそりと街の片隅で目立たないように時間を過ごしている人もいるのだと聞いた。

「ただただ歩くんだよ。おいらもやったことがあるけど、なんでか人の目が気になってなあ、人のいない方いない方へ向かっちまうんだ。何てんだろうな、街がきれいだとさ、おいらたちみたいなのがいちゃいけないっていうかさ、自分がまっさらの服についたシミみてえな気分になるんだよ。惨めでさあ、おいらが一人ここにいるだけで迷惑になってんだろうなあってな。だからなるべく人様の目に触れないように、目立たないように小さくなってんのさ」

クロさんはそう言って笑っていたが、航太は笑えなかった。

小学生たちの楽しげな笑い声が昼下がりの公園に響いている。どうかあの子たちが優しい子で、この遠慮がちなホームレスの女性をからかったり、無闇に怖がったりしませんようにと願ってしまった。

緑の向こうに噴水が見える。

不審者の見分け方は——と考えながら歩く。

たとえば服装、持ち物などがこの場にふさわしいかどうか、なども判断基準の一つだと習った気がするが、そういう意味でこの場にもっともふさわしくないのはニシさんを始めとする警護員たちかも知れない、などと思う。

あとは何だっけ……、そう目つきとか目線？

と、航太は違和感を感じた。立ち止まるのはまずい気がして、何食わぬ顔ですれ違う相手を眺める。

なぜか、すごい違和感があると思った。

その男の見た目はごく普通だった。

二十代後半といったところだろうか。どこにでもいそうなカジュアルかつシンプルな服装、髪型も大学のキャンパスに行けば同じようなのが何十人単位でいそうなものだし、背中のリュックもごくありふれたものだ。

目立つところが何もないこの男に、航太は強烈な違和感を感じていた。

なぜだろう。少し振り返ってみる。

後ろ姿を見ても特に変わったところはなかった。でも、何かが気になって仕方ないのだ。

航太は向きを変え、そっと男の後をつける。

あくまでも散策を装い、空や花を見ながら距離をあけて歩いた。

その時だ。男の右手で何かが光を反射するのを見た。

スローモーションみたいに映像が目の前に迫ってくるような気がした。

ナイフだ。ナイフを持っている。

あせりそうになるのをどうにか抑え、ふうと息を吐く。冷静になるよう自分に言い聞かせながら、ワイヤレスイヤホンについている無線のスイッチを押した。

「久遠です。刃物を持った男がいます」

航太は立ち止まり、木の陰に身を滑りこませ、男の様子を遠目に見ながら小声で言う。

公園内の地図を見ながら、現在地がブロック分けされたエリアのどの場所に当たるのかを告げた。

冷静なつもりでいるが、手が震えている。

航太はごくりと唾を飲みこんだ。

交信内容はここにいる警護員全員が共有している。だが、こういう時に答えるのは指揮官である来栖だ。

「魚崎班長、ドローンの追尾を」

魚崎から了解した旨の発信があり、ややあって航太の後ろからドローンが飛んで来た。

相手に警戒されないようにという配慮からか、かなりの高度でホバリングしている。

「魚崎より来栖へ。不審者の右手にナイフ様の刃物を視認した。これより映像を送る」

続いて男の特徴が告げられる。

「来栖より久遠。指令を送る。久遠は現状の距離を保ち監視せよ。間違っても不審者に近づくな」

「久遠です。了解しました」

続いて来栖は隊員たちの配置変更を命じていく。男を追う航太は地図を出して見る余裕がないが、こちらへの増員はないようだった。

むしろ、警護対象の周辺の護りを増強しているらしい。

確かに、現在男がただちに舞台の方に向かっているわけではなかった。どうも迷走しているというのがぴったりくる。右に行ったり左に行ったり、何かを探しているようでもあり、いきあたりばったりに歩き回っているとも見えた。

遠くに小学生たちが見えてくる。

航太は額に汗が滲(にじ)んでくるのを感じた。

もし、この男の狙いがあの子たちだったとしたら？

写生に夢中の小学生たちは誰もこの危険に気づいていない。

逃げるよう促した方がいいのではないかと思った。研修の際、雑踏の中で刃物を持った人間に出くわしたら、とにかく大声を出して周囲に危険を知らせろと教えられたのだ。

「来栖さん、久遠です。男が写生の小学生の方へ向かってます。避難を呼びかけた方がいいのでは？」

「その判断はこちらでする。貴様は余計なことを考えるな。言われたことだけしてろ」

鋭い言葉で切り捨てられた。

「分かりました」

反射的に頭を下げたが、内心はそんなんで大丈夫なんだろうかという疑問で一杯だ。

だが、しばらくするうち、この男は単に刃物をちらつかせているだけではないのかと思うようになった。

何をするわけでもないのだ。単に手の中の刃物をチラチラと見せながら歩いているだけだ。航太を除いては誰もこの男に注目していないので、手に刃物を握っていても威嚇にすらならない。

何となく、小心者の男が刃物を手に歩くスリルを楽しんでいるだけなのかも知れないと思うようになった。

そう考えるならば、来栖の判断は正しい。いたずらに大声を出して男を刺激する方が良くないのかも知れない。

と思った時だ。男が立ち止まった。

「え?」と思う。

トイレの脇、人目につきにくい場所だ。

待ってくれ、あそこにいるのは……。

慌てて走り寄るが、近づきすぎるなと言われていたことを思い出し、トイレの陰に身を寄せ、様子をうかがう。

心配が的中してしまった。男がホームレスの老女の前に立っている。

何か言っているようだ。無線のやりとりが邪魔で航太はイヤホンをむしり取るように外した。イヤホンを手に持ったまま耳を澄まし、男の言葉を聞き取った時、全身の血が逆流するような気がした。

「あーちょうどいいや。こんなとこにおあつらえ向きの汚いおばあちゃんがいる」

男はクスクス笑っている。その声には温度がないように感じた。何の感情も伴わない冷たい、無関心を体現したような声だと思った。

「僕、刑務所入りたいんだよね。でも、長くはいたくないわけ。数年で模範囚、仮出所と洒落込みたいの。あそこの小学生なんかお手軽でいいかなと思ったんだけど、将来ある子供を殺しちゃったら罪が重いわけよ。つい手が滑って二人か三人殺しちゃったら死刑かもだし。そんなリスクは負いたくない。遺族が被害者面でテレビに出て訴えるなんてのも片腹痛いし。その点、おばあちゃんなら誰も悲しまないし、おばあちゃんだって楽になれるよ？　ウィンウィンだと思うっしょ」

冗談を言っているのだと思った。そうでなければあまりにひどい。

男は手の中のバタフライナイフをくるくると回して見せ、老女に近づいていく。

「将来ある若者に殺されるんだ。おばあちゃん、最後に人の役に立てたんだよ。喜びなよね」

くっくっくと笑いながらそう言って、ためらいもなくナイフを振りかざす。

「やめろーっ」

何を考える間もなく航太は飛び出した。

ナイフを持つ手をねじ伏せようとして、右手に取りついたところで思い切り脛を蹴られた。痛みに一瞬怯んだところでこめかみを肘で殴られ、視界がぐるんと揺れた。

「ちょっとぉ。邪魔しないでくれます？」

余裕ありげな喋り方は先ほどと同じだったが、語尾に怒りがにじんでいる。

航太は頭痛と足の痛み、めまいで動けない。

「正義感強い感じの人？　弱っちぃんだから無理すんなっての。あーもうせっかく僕ちんがこのおばあちゃんを殺して刑務所行こうと思ってたのに、あんたみたいな邪魔が入るんだったら考えちゃうなあ。正義感ある少年？　その中途半端な正義感がどれだけすごい結果を生むのか是非じっくり見て欲しいよね。さあて、んじゃおばあちゃん覚悟はいいかな」

航太はよろめきながら老女の前に立つ。痛みで前屈みになっているため、老女の顔が近くに見えた。

老女は小刻みに首を振りながら必死の形相で「来るな」と言うように航太を遠ざけよ

うとしている。

「ちょっと、どきなよ。邪魔だって言ってんじゃん。いい加減にしないと、あんたも切っちゃうよ？　まあ、死なない程度なら大丈夫だよね。無期懲役ぐらいならまあ？　いい子にしてりゃそのうち出してもらえるか」

「ふざけんな。人の命はあんたの道具じゃない」

喉がからからで声が出ない。航太はそれだけの言葉を必死で絞り出した。自分でも呆れるほど情けない震え声だ。

「ふうん、どこまでも傲慢。そういうのは強くなってから言えっつってんだろが」

そう言うと男は老女をかばう航太を軽々と突き飛ばし、舌なめずりした。

いたって普通の顔立ちのはずだ。通りすぎたらたちまち記憶から消えていきそうな特徴のない顔なのに、今、その顔は歪な悦びに満ちている。

それを見た瞬間、航太はぞっとした。

彼はおそらく格闘術、もしくは実戦の経験がある。道場で来栖を見た時に感じたのと同じ種類の揺らがないものがあるのだ。

来栖レベルの戦闘能力を持つ犯人が凶行に及んだら、今の自分では太刀打ちできない。自分ではもうこの老女を護りきれないかも知れないと思った。

心底、情けない。

だが、背中で「逃げて」「もういいから」と老女の必死な声が聞こえる。震えている。

「絶対にさせない」

航太は低くなった姿勢のまま犯人の腹に頭突きを食らわせた。

予想外だったのか、衝撃を受け止めきれず男がよろけた。

頭の上でチッと忌々しげな舌打ちが聞こえたと思うやいなや髪を鷲掴み(わしづかみ)にされ、強い力で顔を上げさせられる。

右の眼球の真上で刃物の切っ先が光った。

顔の上で交差する形で男の手首をつかみ動きを封じようともがく。が、向こうの方が力が上だ。じわじわと刃先が迫って来る。

「目玉をたこ焼きみたいに刳(く)りぬいてやろう。ねえ、あんた知ってる? 目玉にナイフ突き刺したら、ぶちゅって潰れるよ。じわわって汁が出るんだ。面白いなあ」

感情を伴わない笑い声が気持ち悪い。反射的に閉じたまぶたの上に刃先が到達したのを感じた。

その瞬間だった。ざんっと風圧を感じ、髪が揺れる。拘束が外れた。

まぶたは恐怖に痙攣(けいれん)していたが、貫かれる痛みはなかった。

「放せよ、このっ」

獣めいた叫び声が聞こえる。

おそるおそる目を開けると、犯人が地面にねじ伏せられていた。両腕を捻(ひね)り後ろで束ねるようにして、さらには自身の膝で体重をかけ、男を拘束しているのは来栖だった。

航太は思わずその場に座りこんでしまったが、すぐにあっと思い後ろを振り返る。

真っ青な顔をした老女と目が合った。

良かった、無事だった……。全身の力が抜ける。

バラバラと足音が聞こえる。警察官が数人こちらへ向かって走ってくるのを、航太はどこか遠くの出来事のように感じていた。

「久遠」

舞台ではトークショーが始まっている。式典を終えた警護対象者を乗せた車輌を見送り撤収準備をしている魚崎を手伝っていると、来栖に呼び止められた。

魚崎がちらっと航太の顔を見、行ってきなさいと促す。

「なぜ指示に従わなかった」

そう言う来栖の表情は一見すると変化はない。エキゾチックな美貌はそのままに、だがこちらを見る彼の目は怒りで燃え立つようだと思った。

彼の前に立っていると息苦しさを覚え、汗が噴き出してくる。航太の脳裏には深海に沈めた金属がぺしゃんこに潰れる映像が浮かんでいた。彼と対峙するだけで全身を押し潰されてしまいそうな強い圧力を感じるのだ。

「俺は貴様に不審者に近づくなと言ったはずだ。申し開きがあるならば聞く」

「申し訳ありません。でも、目の前で人が殺されるのを黙って見すごすことはできませんでした」

航太の言葉に来栖はわずかに眉を寄せた。ほとんど表情は変わらないのに、彼から放たれる怒りの濃度が増したような気がする。

静電気でも起こったみたいに、ぴりっと空気が張り詰めている。

「その結果どうなった？」

航太はぐうと言葉につまった。

「私は彼女を護ることもできず、自分の身も守れず、来栖さんに助けていただきました」

「お前のその判断は正しかったと思うか？」

淡々と問われ、首を振る。

「自分の実力からすれば間違っていたと……思います」

「では、お前の力が相手に勝っていたなら、その判断は正しいのか？」

「はい」

来栖は呆れたというようにため息をつき、高い位置にある腰のベルトに付けている無線機を外しながら言った。

「貴様は警護員失格だ。来週から予定されていた我が班への仮配属は白紙に戻す」

「え」

何を言われているのか分からなかった。確かに翌週から大園班で実践研修を受けることになってはいたが、失格と言われたのか？

「聞こえなかったのか？　貴様に警護員の資格はないと言っている」

厳しい言葉に頭の中が真っ白になる。

「あ、あの、それはなぜですか？」

「訊かなければ分からないのか」

来栖の声は静かなのに、ぴしりと鋭くて鞭打たれた気分になった。

「俺たちの仕事は警護対象者を護ることだ。護るべきはただ警護対象者一人。そのために作られた警護計画を破り、指揮官の指示に反することは絶対にあってはならない。貴様のやったことは警護対象者を危険にさらす行為だ」

「そんな。じゃあ、目の前で他の人が殺されそうになっていても見殺しにしろとおっしゃるんですか？」

思わず語気が荒くなる。

「当たり前だ」と来栖は一九〇はあろうかという長身から航太を見下ろした。こうやって見ると改めて分かる。来栖は実戦のための筋肉を全身にまとっている。元ＳＡＴだかＳＩＴだかの出身だという、闘うために鍛え上げた肉体を持つ男がこんなことを言うなんて。航太は信じられない思いでいる。

胸倉をつかまれ息がつまった。

「よく覚えておけ。この仕事はきれい事では務まらん。対価を受けて人を護るんだ。護るべきは金を払う人間だけでいい。それを胸に刻め」

間近にある来栖の整った顔面には凄まじい威圧感があった。航太は怯みそうになるのを踏ん張って言う。

「納得できません。人を護るための警護員が他の人間を見捨てるなんて、そんなの絶対におかしい」

「はっ」と嘲る声と共に胸の手を外され、突き飛ばされてよろける。体勢を崩したところで、真上から吐き捨てるように言われた。

「納得できないのならそれでも構わん。一刻も早く辞めることだ。目ざわりだ」

「バカじゃねえのか、あいつ。ホームレスの婆さんなんか放っておきゃよかったのに」

去って行く来栖の後ろ姿に言葉も出ずに立ち尽くす航太の耳に、大園班の誰かの声が聞こえてきた。

「やらかしたんだって？」

ホルダー付き紙コップを二つ机の上に置き、隣の椅子に腰かけながら、おかしそうにそうびが言う。

「はい。警護員失格だと来栖さんに」

「まあ、難しいところではあるな」

そうびはそう言い、コーヒーをすすった。

「来栖の言うことにも一理ある。実際、来栖が駆けつけなけりゃ、お前さんは目玉をたこ焼きみたいにくるくるってひっくり返されてたんだろ？」

「は……。そうですね」

改めてたこ焼き云々（うんぬん）を言われると、情けなさが襲ってきた。

「その間、一時的に警護対象者の周辺警護レベルが下がったのは事実だ。全体に目配りをする役割の来栖がそこを動いたからな」

「はい」いたたまれない思いでうなずく。

「あのたこ焼き犯人があそこに湧いて出たのは、たまたまということで決着しそうだ。あたしからすると、偶然がすぎるんじゃないかと思うが、ウチの警護対象とも関連性は見つからないらしい」

あの後、魚崎が落ちこむ航太を慰めてくれながら言っていたのを思い出す。

『もし、あれが陽動だったら大変だからね。来栖が言うのもあながち暴論でもないんだ。でも、久遠君。来栖はああ言っていたけど大丈夫だよ。本気で警護員失格だなんて思ってないから。一度目は誰だってミスをするもの。同じミスを二度繰り返さなければいいんだよ。むしろ怒られても食らいついてくるぐらいの方が来栖には好印象を与えるんじゃないかな』

魚崎は優しく言ってくれたが、航太は内心複雑だった。

ミス？　やはりミスなのかと思ったのだ。

「何か、警護員をやっていく自信がなくなってしまいました」

航太の言葉にそうびは、コーヒーのカップを持ったまま、ほう？　と言った。

甘ったれたことを言うなと叱責されるかと思ったが、意外にも彼女は理解を示してみせた。

「分かるよ。お前さんにとっちゃ、ホームレスの婆さんも警護対象のお偉いさんも等しく大切な命なんだろ？」

もやもやしていた考えをずばり言葉にされて、すとんと胸に落ちた。こう思うのはいけないことなのだと無理やり考えに蓋をしていたことだったからだ。

そうびは続ける。

「大園班の連中は総じて矜持が強い。国の中枢にいる要人を自分たちが護っているという誇りがあるんだろう。けどな、だからといって他の人間を見殺しにするようなことがあっていいはずがない。逆にいうと、そこが連中の弱点にもなるんじゃないかとあたしは思ってる」

「弱点、ですか？」

意外な言葉に思わず聞き返した。

「そうだよ。あいつらには苦手なものがあるんだ。マッチョなんだよなあ、頭の中身が。繊細な心の機微なんて水と油ぐらい理解不能なんだと思うね」

「繊細な心の機微？」

航太は首を傾げた。言葉の意味は何となく分かるが、具体的に何を指すのかが分からなかったからだ。

浦川そうびは航太が仮に配属されている遊撃班の班長とエスコート班の班長を兼任している。もっとも遊撃班は班として独自の案件に対応することは少ないので、エスコート班の任が主ということになりそうだ。

遊撃班は他班の支援を行うため、そうび自身が大園班の応援に出かけることも珍しくないという。

「浦川班長は大園班でどんな仕事をするんですか？」

「仕事は同じだよ。来栖や何かが作った警護計画に従って、与えられたポジションに就く。ほら、勝手に動くと後で怒られるヤツだ」

含み笑いでそうびは続ける。

「警護対象者が女性の場合と、まれにある子供のケース。マル対が女性だと、女性警護員しか同行できない場所があるからな」

化粧室は言うに及ばず、女性専用のサロンだとか、高級なジムや美容室などには女性しか立ち入れない決まりのところが珍しくないそうだ。

「それに」とそうびは華やかに笑った。

今日はこの後、現場に出る予定なので、ちゃんとした服を着てメイクをしている。どこからどう見ても妖艶な美女だ。もちろん黙っていればの話だが。

「大園班のヤツらは女性だろうが子供だろうがオレらに護れないものなどあるもんかと胸を張るんだが、いかんせん相手の方から嫌がられることが多くてな」

コワモテの男たちに囲まれて、そっちの方が怖いという苦情が上がることがあるそうだ。

「護ってくれる人が怖いって、なんか奇妙な感じがします」

航太の正直な感想にどうしたわけかそうびは、うむうと唸(うな)ったただけだった。

現在、ユナイテッド４に女性の警護員は六名在籍しているそうだが、大園班の応援に立つ機会があるのはそうびともう一人だけだ。他の女性は全員エスコート班の所属という話だ。

「エスコートってどんな仕事なんですか？」

どこであるのかよく分からないが舞踏会とかパーティーとかで盛装した男性が女性の手を取り歩いていくイメージしか浮かばない。

怪訝な顔をしていたのだろう。実際の現場を見せてもらえることになった。

翌朝、八時。総武線の満員電車に乗るため出かける。通勤客でごった返す改札前で待っていたのは黒いパンツスーツ姿の中年女性だ。

「おう、渡瀬さん。おはよう」

「あっ浦川班長、お疲れ様です。見回りですか？」

「新人研修でな。見学の若いの、これ。久遠航太」

雑な手つきで示され、慌てて「久遠です。よろしくお願いします」と頭を下げる。

「こちらこそよろしく、渡瀬でーす」

そう言っておどけたように舌を出す。渡瀬さんは頼もしい笑顔の大柄な女性だった。日に焼けた小麦色の肌に色素の抜けた茶色っぽい髪。サーファーか？　いや、それにしては全体がどっしりしている気がする。ママさんテニスの選手というのがぴったりかな、などと航太は少々失礼なことを考えていた。

おそらく、航太の母と同じぐらいの年齢かと思われる。確かに全体にたくましい印象ではあるが、この年齢の女性が警護員を務めていることに驚いた。

そうびに言わせると「エスコートなんでな、特に何をするわけでもないんだ。一応、護身術は習得してるけど」ということらしい。

エスコート対象はやはり女性や子供、あとは高齢者が主だそうだ。

夜道や満員電車、子供の通学や塾への送り迎え、高齢者の外出の同伴などを行う。

改札前ですでにエスコート対象の女性と合流した渡瀬が人波にまぎれて階段を登っているのを追った。

「人が多いからな、はぐれるなよ」

そうびに言われ、すでに流されそうになっていた航太は必死でうなずく。

何とかそうびの隣に戻り、少し離れて渡瀬たちの後ろをついていく。

慌ただしいチャイムの音、足もとへの注意を促すお決まりの機械音声、駅員によるアナウンス。ホームには人、人、人だ。入線してくる電車を見て、航太はめまいがした。

すでに満員だ。残念ながらこの時間、この駅で降りる客はそう多くないはずだ。ホームにいるこれだけの乗客が収まりきるのかと、信じられない気持ちでぞろぞろと車内に吸い込まれる前の人々についていく。身じろぎもできないほどの混雑で、見知らぬ乗客同士が密着している状況だ。

電車が動き出した。踏ん張るのだが、揺れる度に足もとが危うい。

ふと、隣のそうびを見ると、涼しい顔で立っていた。

「体幹を意識しろ」

小声で囁かれたが、そもそも航太はこれまであまり満員電車の洗礼を受けていない。電車の揺れと合わせて前後左右にたたらを踏んだ。何とかつり革上部のバーをつかみ、少し安定した。ほっとして渡瀬の方に目をやる。

エスコート業務とは一体、何をするのかと思ったのだが、これといって何もしていないように見えた。

エスコート対象の女性は普通に車内でつり革を持ちリラックスした様子でスマホを見ている。渡瀬はその隣で時折、周囲を見回すだけ。二人で話をするわけでもない。おそらく事前に知らされていなければこの二人が知り合いということにさえ気づかなかったと思う。

水道橋（すいどうばし）で女性と共に降車する。

どっとホームに吐き出される人波の中で、渡瀬はそっと彼女に寄り添っていた。

階段を降り、改札を出たところで二人は会釈をし、エスコート対象の女性は渡瀬をその場に残し、勤め先の方向へ歩いていく。

次の依頼者の待つ駅へ向かうという渡瀬と別れ、駅近くのカフェでそうびと二人お茶を飲むことになった。

ここで航太はあることに気づいた。

混雑しすぎている駅や車内ではそうでもなかったのだが、とにかくそうびが目立つのだ。そうびも先ほどの渡瀬同様、黒のパンツスーツにかかとの低いパンプスだ。長身なので目立つのだろうかと思ったが、やはり原因はその美貌のようだ。

今日のそうびはちゃんとメイクをして、髪も梳かし、後ろで一つにまとめてある。白シャツの襟を一つ開け、鎖骨のあたりには控えめなデザインのネックレス。どちらかというとストイックないでたちのはずなのに、隠しきれない妖艶さがにじみ出ているのが不思議だった。

確かにスタイルのよさもあるとは思う。

彼女は決して細いわけではない。ある種のアスリートのように必要な部分に必要な筋肉がついている印象だ。スーツを着るとかなりグラマラスに見える。

そのせいもあるのだろうか、すれ違う男という男が一様に熱いまなざしを向けてくることになる。もちろん女性も彼女を見ているが、そちらは羨望や感嘆によるものだと思われた。反応の違いがとても分かりやすい。

男の方はとにかく遠慮がなかった。

隣にいる航太を牽制というか威嚇するような視線まであり、烈をして三年寝太郎と言わしめたそうびの普段の姿を知る航太としては複雑な気分になる。

さらに航太はその中に、妙にねっとりした視線がいくつか混ざっているのに気づいて、うわっと思った。他の男たちのように、ああ美しい人だなと見とれているのとは違い、もっとあからさまな欲望がぎらついて見える男がいるのだ。

航太は思わず隣のそうびの顔をうかがう。

こんな剝き出しの欲望にさらされて気分がいいはずはないだろうと思ったが、そうびは涼しい顔をしている。

「どうかしたか？」

訊かれて困った。

「いえ、その……。男があれなので」

何を言いたいのか自分でも分からない。

「いつものことだ。気にするな」

本人はこともなげに言うが、隣にいてもぞくっとするような視線が突き刺さってきたのだ。ちょっと危ないのではないかと胸騒ぎのようなものを感じる。

「後をつけられたりしないですか？」

「よくある」

「ええ？　危ないんじゃ」

「だから言ってるだろ。常在戦場、褌を締め直し、常に刑務所に入る覚悟を持ってだな……」

「え、それってまさか、相手をボコボコにして過剰防衛で逮捕されるっていう意味だったんですか？」

「そこまでは言ってないが、常に警戒を怠らないに越したことはない。男も女もな」

魚崎とカエル王子こと奈良が異口同音に言っていたことだが、そうびは空手の有段者でシステマやクラヴマガも極めており、並みの男では太刀打ちできないらしい。

「浦川班長はなぜ警護員になろうと思ったんですか？」

そうびは形の良い唇でふっと笑った。

「昔からあたしは顔に問題があるらしくてな」

「えっ」

これほどの美女が何を言うのかと思ったのだが、そうびの話はこういうものだった。

美人であるが故だと思うのだが、彼女は幼少の頃から妙な輩に付きまとわれることが多く、心配した両親によって空手を習わされていたそうだ。中学生の頃にはすでに有段者となっており、痴漢やストーカーに鉄拳制裁を加えていた。

「二度とこいつに付きまとうのはよそうと思うほどにな」だそうだ。

とはいえ女子中学生なのだ。

「大丈夫だったんですか？　逆恨みされたりとか」

「幸いそういうことはなかった。だから余計に図に乗ったんだろうな。思い上がっていたんだ」

苦く笑ったそうびに、航太はどんな話になるのだろうかと不安を覚える。

「それまで二人組を撃退したことはあったんだ。だが、その日、後をつけて来た車には五人の男が乗っていた」

五人も？　聞いている航太の方が顔色を失った。

そうびは淡々と語る。

「低速でな、獲物を追いこむようにじわじわとついて来るんだ。あのでかいバンが細い道に。腹立つぞあれは」

航太が何か言いたげな顔をしていたのだろう。「ん、どうした？　言ってみろ」と促されてしまった。

「あ……あの。腹を立てる前に怖がった方がいいのではないかなとちょっと思ってしまったので……えっと、あの、すみません」

出すぎたことを言ってしまったかと謝る航太に、そうびはふふんと鼻先で笑う。

「その通りだ。この前の正常性バイアスの話と同じだ。過不足なく怖がる能力は警護員にとって不可欠なものだ。覚えておくといい」

「は、はい」

そうびはふうっと息を吐き、続けた。

「それでもあたしは何とか切り抜けることができるだろうと思っていた。さすがに相手を痛めつけることは難しいかも知れないが、寸前で逃げるぐらいは造作もないんだと。泣いて何もできない女ばかりじゃないことを見せてやると思ってた。その期に及んでもまだ高をくくっていたんだ」

航太はこの手の話が嫌いだ。

レイプもののビデオを好む男もいるのは知っているが、航太は無理だ。被害者の女性のことを考えると胸が痛んでしまい、フィクションだと分かっていても楽しめない。ましてや、そうびが語っているのは現実にあったことだ。しかも、知り合いが話しているという事実は航太の精神をえぐった。

耳をふさいでしまいたいと思ったが、話をしているのは自分の教育係なのだ。拒絶するわけにはいかない。

「気分が悪そうだな。真っ青だ」

そうびに指摘されて、はっとした。

「大丈夫だ安心しろ。ちゃんと逃げたから」

ほっと息を吐いたのも束の間、話の続きは決して楽しいものではなかった。

三人をのしたところで「男の一人が隠し持っていた刃物で足を一本刺されたんだ」とこともなげに言われ、航太は怒りを覚えた。犯人になのか、そんな言い方をするそうびに対してなのかは自分でも分からなかった。

「足を一本って、二本しかないのに」

動揺のあまりおかしな言葉を口走る航太にそうびは少し笑う。

「そうだ。太股（ふともも）のあたりから血がドバーっと出て、軽く意識が遠のいて車に引きずりこまれそうになった。もうダメかなと思った時に、『その子を放しなさい』って声が聞こえた。持ってた鞄で男らをバシバシ叩きながらね」

良かった。助けが来たのかと肩の力を抜いた航太にそうびがうなずく。

「泣きながら震える声が、警察を呼びました、車のナンバーも通報したから逃げられないわよって。怖かっただろうになあ彼女」

懐かしそうな少し苦しげな、何ともいえない表情でそう言って、そうびは窓の外に目をやった。

カフェの外は通勤客でごった返している。

「助けに来たの、女性だったんですか？」

意外に思って訊く。

「そう。若くて華奢で小柄な可愛い人だった」

ほどなく聞こえたサイレンの音に男たちは慌てて車を発進させ、そうびは助かった。

ケガも出血の割にさほど重いものではなかったと言うが、それでも二十針縫ったらしい。

少し傷は残ったが、何、そんなものは大したことじゃないと言われて、そうなのだろうか？　と首を傾げてしまった。

問題はその後だと、そうびは言うのだ。

のちに分かったことだが、その女性は近くの幼稚園の先生だったそうだ。とても評判のいい先生で、園児たちにも慕われていたし、保護者や同僚からの信頼も厚かった。

だが、その事件の後、ほどなく彼女は仕事を辞め、遠くの街へ引っ越してしまったのだという。

「理由は分からない。犯人たちから何かされたとは思いたくもないし、それ以降、連中が近くに出没したような話は聞いていないんだが、何しろこちらはそれからしばらく両親の厳重な監視の下、一人で出歩くことは許されなかったからな。よく分からないが、一人暮らしだった彼女は怖かったと思う。もしかすると報復や園児に害が及ぶことを恐れたのかも知れないと大人たちが言うのを聞いて、ああ、あたしは何てことをしてしまったんだろうと思ったんだ」

「え、何でです？　浦川班長だって被害者じゃないですか」

即座に反応した航太に、そうびはいや、と首を振った。

「あの日、あたしはヤツらの車がこちらの様子をうかがっているのに気づいていた。だから、いつものように痛い目にあわせてやろうと思って自ら率先して細い道へ行った。逃げようと思えばいくらでも逃げることができたんだよ。もし、あたしが自分の力を過信しなければ、彼女を巻き込むことはなかった。今でも後悔している」

「でも、そんな。悪いのは犯人じゃないですか」

「もちろんそうだ。だが、その時、気づいたんだよ。自分はまだ中学生で親や学校に護られていたから、あんな風に傲慢でいられたんだなってな。だけど、彼女はたった一人で犯人たちに立ち向かってくれた。あたしを助けるためにな」

航太の脳裏に中学生のそうびと、顔も知らない幼稚園の先生が震え、泣きながら男たちに立ち向かう姿が浮かんだ。

「たとえ一人きりでも、立ち向かえるだけの強さを身につけなきゃならないと、その時、心に誓ったんだ」

なぜ、女性であるそうびがそこまで思うのだろうと疑問に思った。

航太の知る女性たちは皆そんな苦労など知らぬ様子で楽しげに笑いさざめいているものだったからだ。

「それはどうだろうな」とそうびが言った。

「案外、女性は当たり前のように警戒しているもんだ。男からするとびっくりするかも知れんな」

　今一つピンと来なかった。

「さっきのはもう二十年以上も前の話だが、残念ながらこの手の犯罪はなくならない。第一、めちゃくちゃ治安の悪い場所で起こった話じゃないんだ。ごく普通の住宅街だからな。つまり、特殊な場所の特殊な人間の話じゃなくて、この日本のどこでだって起こり得ることだと思っておいた方がいい」

「そんな……。日本はもっと治安のいい国だと思ってました」

「確かに一晩に一つの街で三十人も殺されるようなことはないが、小さな犯罪は枚挙に暇がない。盗撮も痴漢も犯罪は犯罪だからな。軽く考えているあほうが多いが、法律上の罪の軽重なんか関係ない。被害を受けた方がいやな思いをすればそれは立派な犯罪だ」

「それってみんな男が犯人なんですよね」

「とは限らんがな。ただ、まあ圧倒的に男が多い。しかし被害者もまた女性とは限らない」

　ため息が出た。

「なんで男ってそんななんですか」

「あたしに訊くなよ」とそうびは苦笑し続ける。

「脳味噌を下半身に支配され突き動かされる愚か者どもを断罪するのは簡単だが、それだけでは問題の解決にはならんだろう」

脳味噌を下半身に支配され突き動かされる愚か者……。すごいことを言うなと航太は思わず身を小さくした。

「もちろん男が全員そうだとは思わんが、そもそも一個の人間として相手を尊重しようとする気持ちがあるなら、性のはけ口にしようなんて考えには至るまいよ」

一個の人間として尊重か、と航太はそうびの言葉を噛みしめている。

カフェを出て、そうびは勤めに向かう人波に目をやった。

小さくつぶやく。

「もしかするとあたしが彼女の人生を変えてしまったのかも知れない。そう思うと、申し訳なくてな。彼女に合わせる顔がないと思ったんだ」

あ、さっきの幼稚園の先生の話か、と思い当たる。と同時に、なんでこの人や、その幼稚園の先生がそんな思いをしなきゃならなかったんだよと無性に腹が立った。

だが、気のきいた言葉なんて何も出てこない。唇を噛む航太の耳にそうびが言うのが聞こえた。

「あたしはな久遠。彼女や、力が及ばないまでもホームレスの婆さんを護ろうとしたお前さんの勇気や正義感が、正しく報われる社会であればいいと思ってるよ」
ぶっきらぼうなそうびの言葉が身体の中にじんわり染みこんでくるような気がする。
航太は我知らず胸の奥に熱い何かが生まれ出すような感覚を覚えていた。

3

ミキという名の女は明らかに不機嫌だった。

「ちょっと何でえ？　烈と二人きりだと思ったのに、なんでお邪魔虫ついて来ちゃうかな」

航太のことらしい。

「新人研修でな。悪いが同行させてもらうぜ」

「それじゃあカップルに見えないじゃん」

ミキの言葉に烈は肩をすくめた。

「いいじゃないか、カップルじゃないいんだから。何の問題もないだろ」

本日、彼女は渋谷にショッピングに出かける予定があり、その間、二時間の警護をユナイテッド４に依頼してきたのだ。

常連客らしく、依頼が入ると自動的に獅子原班に回されてくるそうだ。

しかし、ミキが実際に身辺の危険を感じているのかどうかはきわめて疑わしい。

本人の言葉からも分かるように、レンタル彼氏か何かと勘違いしている節があった。

彼女は渋谷を烈と二人で歩きたいわけで、航太がついてくるのが気に入らず、先ほどから文句を言いつのっているのだ。

「あの、獅子原さん。俺、少し離れて歩きましょうか？」

航太の言葉に烈は、ははは と笑う。

「気にするな。たとえお客様といえども行きすぎた要求は通らない。さあ参りましょうか、芋川様」

「ちょっとぉ、苗字で呼ばないでって言ってるでしょう。ちゃんとミキって呼んでよね」

彼女の抗議を手で制し、烈はにっこり笑って首を傾げる。

「君が俺との関係をはき違えているようだからな。その辺の線引きはきちんとしようじゃないか。言っておくが、俺は君の警護をしてるだけだ。それが不満なら次からは他の警護員をよこすぜ？　たとえば一色とかな」

「やだ、烈様ごめんなさい。本気で言ったんじゃないからぁ」

そう言って、烈の腕に取りすがるようにして腕をからめる。

「だから一色だけはやめてぇ」

前回、彼女の警護に一色が就いたらしい。

「君、たまには他の警護員もいいかなあって言ってたじゃないか」

「だってぇ。烈だって忙しいだろうし、いつも烈ばっかじゃ申し訳ないかなと思ったの。

烈の推薦だからどんな素敵な人が来るのかと思ったらさ、もうね、あれはない。あれはないよ烈。執事風イケメン来たーと思ったら何のこたあない、あいつ姑だったからね」

「姑！　そいつぁいい」

烈が大笑いしている。

「笑い事じゃないって。あの男、ウチの歩き方とか座り方とか、ついでに喋り方にまでケチつけたからね。芋川様、そのような話し方は淑女としていかがなものでしょう。あ、そのようなお振る舞いは、はしたのうございますってな。うっせえわ。ねちねちねちねち、もうムカついたムカついた」

「ヤツのお行儀講座は完璧だったろ？　言うこと聞いといて損はないぜ。何しろ一色宗匠にはマナー講師としての引き合いもあるんだからな」

「んなの、いらねえっつの」

喋り方はともかく、ミキの容姿はとてもかわいらしい。ワンピースは派手な色柄、それと合わせたリボンで髪を結っている。造花のついた厚底の靴。ミニ丈のスカートからはすらりと長い足が伸びている。

ある意味、美男美女なのだが、あまりお似合いという感じはしない。

ミキは十九歳だそうだ。対する烈は二十九歳らしいので年齢的なものなのかも知れない。一見ちゃらちゃらしているようにも思えたが、こうして見ると烈もそれなりに大人に見えるのだ。

洋服や小物、ついには家具を見に行った。

ミキは買い物する度、ショップの紙袋を烈に持たせている。

「あの、俺が持ちましょうか」

一応訊いたが、すぐさまミキに睨(にら)まれた。

「違うしっ。あんた、女の子みたいに可愛いじゃん。そんな子に荷物持たせたら罰ゲームみたく見えるの。あたしはいじめをするような人間だと思われたくないんですぅ」

「俺はいいのかよ」

烈が言うとミキはついに自分の持っていたハンドバッグまで烈に押しつける。

「烈は大人の男だからいいの。愛する彼女のためにたくさん服買って、持ってあげてんのよ。烈だって男ミョウリに尽きるでしょ?」

「いいや、全然。それに服を買ってるのは君自身だよな」

「もぉ、烈ったら照れちゃってー」

そう言って身をくねらせながら、肘でぐいぐいと烈の脇腹を押している。

「君な、前にも言ったろ? 警護員は荷物を持たないのが基本なんだ。両手が塞がってたら、何かあった時に君を護れないぞ」

君を護るのところで、ミキがはああと吐息を漏らした。
「ああっ、それっ。もう一回言って」
「いや、まじめな話をしてるんだが」
「もう、烈ったら固いなあ。今日は特別。新人君がいるからいいじゃん。何かあっても
もう一人いれば安心でしょ。新人教育に付き合ってあげてんだから、それぐらいいいこ
とにしなよ」
「何かあっても航太には多分対応できないぞ？　まだ何も教えてないからな」
なあ、と同意を求められたので全力でうなずいておいた。
一週間前、立川の現場で来栖の不興を買ってしまった航太に手を差しのべてくれたの
は烈だった。
「とりあえずウチに仮配属な。なァに、来栖には俺から言っておくさ」
そう言われても、この時点では航太はまだ大園班をあきらめきれずにいた。
すでに来栖に何度か門前払いを食らっていたが、やはり警護員をめざすのならば王道
である大園班に入るべきなのではないかと思っている。
「大丈夫だ。君がどうしても大園班に行きたいってんなら、必ずそうなるよう力添えを
しよう」
烈が自信満々にそう言うもので、航太はそれを信じることにしたのだ。

イロモノ班——。大園班所属の元海上保安官の言葉をひどい罵倒だと思ったのだが、そうでもなかった。獅子原班は思った以上にすごかったのだ。

「あ、烈。今日はあれまだやってもらってないよ。どういうことよ。肝心のあれがないなんてダメダメじゃん」

芋川ミキにそう言われ、烈は一瞬天を仰ぐ。

何事かと思ったら、決まった挨拶があるらしい。

場所は１０９(イチマルキュー)を出た文化村通りだ。日曜の午後、人通りの多い道路で立ち止まるわけにもいかず、オフィスビルの入口に身を寄せミキと向かい合っている。

今日の烈は濃い茶系のスーツに金と紺のレジメンタルタイ。華麗だ。その長身で右足を引き、左胸の下に右手を当てて静かに頭を下げた。

「芋川ミキ様。本日あなたの警護を担当いたします獅子原烈でございます。わたくしは誠心誠意あなたをお護りすることをお誓いいたします。どうか御身とお心をわたくしにお委ね下さい」

ミキが、ひいっと声を上げる。

「ううぅーあいかわらずの破壊力。何回やっても慣れないよぉ」と真っ赤になっている。

ああ、確かにこれは——と航太は隣で荷物を持たされながらなんとも言えない気分になった。

女心はよく分からないが、これだけの超絶イケメンにこんなことをされては誰だって冷静ではいられないだろう。

実際、後日、同じように烈を指名した別の女性客はこの挨拶を聞いて感極まって涙ぐんでいたほどだ。

芋川ミキの警護は無事終了。航太には警護そのものではなく、挨拶ばかりが強烈な印象として残ってしまった。


「あれって毎回、やるんですか？」

航太の問いに獅子原は眉根を寄せた。

「ああ、そうだ。しかし君、あれはやる方もこっぱずかしいんだぜ？　忘れたフリして省略することも多いんだが、何でもウチの会社で大昔から受け継がれてる儀式の一つらしくてな、完全撤廃ってわけにはいかないんだよなあ」

「え、じゃあ大園班もあれをやるんですか？」

来栖ならばともかく、ニシさんがあれをやる姿を想像するとシュールだ。

「いや、それは……んっ」

声を飲みこみ、獅子原は静かに爆笑している。場所柄大きな声を出すわけにはいかず、身体を震わせ顔を真っ赤にしているのだ。

丸(まる)の内(うち)に近い大型書店の中だ。この店は書籍の他に雑貨や趣味の良い文房具なども多く扱っており、見て回るだけで楽しい。博物館に通じる空気感が好きで、航太も何度か来たことがあった。一色と落ち合う予定の時刻にはまだ早く、探している本があるという烈に付き合う形でここへ来たのだ。

「いやあ笑った。さすがに連中はやらないだろうさ。あいつらは後からの合流組だしな」

「合流組、ですか？」

「何だ君、知らなかったのかい」

烈の説明を聞きながらエスカレーターで階を移動する。あいかわらず立っているだけでとんでもなく絵になる男だ。エスカレーターですれ違う女性客がぽかんと口をあけ、次いでスイッチが入ったかのように前のめりになりながら流れていった。

烈によればユナイテッド4の前身の会社の創立は昭和初期、元は執事の派遣会社だったそうだ。執事の中でも護衛任務に近い人員の派遣を主としていたらしい。

元々の顧客はそうそうたる名家ややんごとない方々だったと聞いて、一色の存在がめちゃくちゃ腑に落ちた。

その後、時代の変化に合わせる形で身辺警護専門の会社を吸収合併したのだという。

警察や自衛隊出身の警護員を多く受け入れ、身辺警護に特化した組織へと移行、社名もその際に変更されたそうだ。

とはいえ、もちろん今でもいわゆる上流階級やセレブからの依頼は多く、その場合にも獅子原班が担当するのだと聞いて少し意外に思えた。

「よほど危険な事案は大園班が出張ってくるが、何しろ連中は礼儀のなってないヤツが多くてな」ということらしい。

「それなら、一色さんの班があってもいいような気がしますけど」

そう思ったのは、前に一色が烈を評して「こんなのが班長だなんて」としきりに言っていたからなのだが、烈は真顔でうなずいた。

「以前はあったんだぜ一色班」

「あ、そうなんですか？」

一色ともう一人の班員、二人だけの班で主にやんごとなき方々の警護を行っていたらしい。烈いわく「礼儀作法に特化した班だった」そうだ。

班員の引退に伴って班は解散。行き場を失った一色は大園班か獅子原班かの二択を求められ、泣く泣く獅子原班を選んだらしい。

「大園班？　はあ、何とおぞましい。あんな不作法者の巣窟へ行くくらいなら、まだしもこちらの奇人の方が多少はマシかと考えたのですが、実際、苦渋の選択でございました」そう言ったのは一色本人だ。

ここで一色と落ち合い、昼食を取る予定になっており、連歌の本を手に取り眺めていた彼と合流したのだ。

「ああ君、ちょっといいかい？　本の名前が分からなくて困ってるんだ。少し手伝ってもらえないかい？」

烈が近くにいた書店員をつかまえて質問を始めた。

話しかけられた女性は二十代半ばぐらいだろうか。傍で見ても分かるほど慌てている。そりゃまあ、女性からすればあんなとんでもないイケメンに突然話しかけられて冷静でいろという方が無理かと思う。

「お、お探しのものはどっ、どのような」

語尾に向かうほど声が小さく、しまいには消え入りそうだ。

「実は俺の亡くなった叔父が酔狂な御仁でな。その本の二二八ページの六行目に遺産の隠し場所のヒントがあるって言い残してくれたのはいいんだが、この肝心の本のタイトルが分からないときた。いや見たことはあるんだ。見ればすぐに思い出すはずさ。何しろめちゃくちゃ特徴のある表紙だったんでな」

烈の方は楽しそうだが、言われた書店員からすれば無茶ぶりもいいところだろう。よりにもよって大人しそうというか少し暗めの印象さえある女性なのだ。気の毒なほど緊張し、声をうわずらせながら、それでも烈の質問に懸命に答えている。

彼女はのんびり待っている烈に、階段を登ったり降りたり、汗だくになりながら思い当たる本を次々に探しては持ってきた。

重そうな本を何冊も抱えているので、見かねた航太が手伝おうとすると「大丈夫です」とはにかんだような笑顔で答える。

「いつも重い本、運んでますので」

制服のエプロンをつけた小柄な身体が走り回っている。

航太は彼女の汗を美しいと思った。

一時間も経っただろうか。

「うーん。惜しい。もうちょい違うんだよなあ」

烈は彼女が持ってくる本にダメ出しを続けている。

◆

「あれって本当の話なんですか？」

久遠航太が一色の顔を見上げて訊く。

獅子原の戯れ言に振り回されている書店員を気の毒に思ったのだろう。

一色が少し眉を上げて見せると、久遠は困ったような顔をした。

「あ、いえ。獅子原さんは仕事中の人間をからかうような真似はしないと思います。でも、ちょっとびっくりするような話なので」

「さて、どうでしょうね」

そう言って一色は、獅子原と、奮闘を続ける書店員に視線を投げかける。

根気のない人間ならとっくに匙を投げているだろう。彼女はなかなか根性があるようだ。

「彼の酔狂な叔父上の存在は事実です。冒険家をなさっておいででしてね。財宝の隠し場所を発見されたやら何やらと伺ったことがありますが……」

そこまでは事実だ。しかし――。

「その叔父上が亡くなったという話は聞いておりませんが、はて？」

一色がそう言うと、久遠は大きな目をさらに大きく見開いた。

三十分後、久遠が好きだといって見ている画集を一色が後ろから覗きこんでいるところにほくほくしながら獅子原が戻ってきた。

「おや、お目当ての本に辿り着いたのですか？」

「ああ、やっぱりすごいよなプロは。ああ、ありがとな君。助かった」

本を棚に並べる作業に戻っている先ほどの女性に獅子原が声をかけると、彼女は恥ずかしそうに頭を下げたが、その表情は嬉しそうで、瞳がきらきらと輝いているのが見えた。

「さて一色、君はどう見る？」

獅子原の言葉に、一色はタブレットをスワイプする手を止めた。

映し出されているのは明日、結婚式が行われる会場ホテルの見取り図だ。

「イメージが違いますね。依頼人の話から私はもっとクレイジーな人物を想像しておりました」

「だよなあ」

獅子原がぶ厚い海外文学の本をぱらぱらと捲(めく)りながら唇をとがらせている。

「二二八ページの六行目に遺産の隠し場所のヒントがございましたか？」

「いや、それが君、どれのことかさっぱり分からないんだもんな。まったくあの叔父貴は」

「亡くなられたとは存じませんでした。お悔やみを申し上げます」

獅子原は、おっ、しまったと言うように目を見開いた。

「いや、すまん。聞こえてたか。それは嘘だ。今度こそ戻って来られないかも知れんと言い残してギアナ高地へ行ったきり音沙汰がないもんでな、すっかり死んだような気になってたんだが、あの叔父貴のことだ。多分生きてるんじゃないか？」

一色も一度、帰国中のその人物に会ったことがあるが、まさにこの叔父にしてこの男ありを体現しているかのような存在だった。

獅子原に関することでいちいち呆れたり驚いたりするのはもうやめようと思いながらも毎度振り回される一色である。

咳払いして脱線した話を戻す。

「ともあれ彼女の性格を考えると、正面から現れる可能性は低いのでは？」

獅子原がうなずいた。

「俺も同意見だ。中には俺が潜入しよう。君は航太を連れて外の警備を頼む」

◆

それにしても、獅子原班は正直あまり勉強にならない気がするなあ、と航太はちょっと思ってしまった。芋川ミキの案件など、警護計画すらなかったのだ。というか、芋川ミキの依頼は「渋谷を一人で歩くのが怖いから警護を」という内容だった。

具体的な危険も行き先も特にないので、計画の立てようがないのだ。

でも、待てよ。それってエスコート班の仕事なのでは？　とも思う。エスコートならば低価格だ。もちろん格安というほどではないにせよ、毎日の通勤や子供の送り迎えに使えるような価格設定になっている。

元は要人警護部門のみだったものが、時代の変化と共にカジュアルな日常のエスコートや高齢者の見守りを比較的利用しやすい価格で提供するようになったのだそうだ。

安全をお金で買えるのならば安いと思う人たちが依頼をしてくるらしい。

それに対し、本来の警護料金は決して安いものではない。危険度や警護規模によっても変わるが、たとえ警護員一人の付き添いであってもそれなりの値段になる。

身辺警護を依頼している時点で、それが大園班であろうと獅子原班であろうと料金は変わらない。

つまり、烈に二時間警護してもらうために安くはない費用が発生するのだ。

これについて、やっと受け身を取るところまで進歩したシステマの訓練を受けながら、カエル王子こと奈良に訊いてみた。

あいかわらず緑色の名入りジャージを着た彼は、道場で柔軟体操をしながら「あーアレな。推し活やで」とさらりと言う。

推し活とはアイドルやキャラクターを応援したり、チケットやグッズを買うことでお金を使うことをいうらしい。

「ホストに入れあげるよりは割安やし、アイドルみたいに手の届かへん存在やのうて、すぐそばに実在するし、何より自分を護ってくれるんやで？　そら女の子にとったら夢みたいなシチュエーションやろなあ。しかも、あの獅子原はんを合法的に二時間貸し切りやで。お買い得やわ、そら」

単位が二時間なのは、ユナイテッド4に警護を依頼した場合、警護員は二時間で交替する決まりだからだ。それ以上は緊張感を保てず、警護レベルが下がってしまうからということらしい。

つまり彼女たちは二時間だけ、刹那のお姫様気分を味わうために依頼してくるわけだ。

「なんか、そんなんでいいんでしょうか？」

思わず訊くと、奈良はにゃっしゃーっと声を上げた。笑い声らしい。

「そこやで、クドー。実はわいもな、獅子原はんに訊いてみたことがあんねん。なああ獅子原はん、あんたはん、某班のおっさんらにやれイロモノや、やれ男芸者やとか言われてまっけど、よろしいんでっか？　いうてな。ほたら、あの兄ちゃん『よくはないが、本当に彼女たちが警護を必要としているのかどうかはこちらが判断すべき事柄ではないだろ？』とシュッとして言いよったからな。いやはや参るでぇホンマ。これやからイケメンは……、んっ、もおーってわいまで身悶えしてもうたわ」

烈の声色を交えて言って、身をくねらせて見せる。さすが関西出身、面白い人だ。

「でも、なんか悔しくないですか？　イロモノとかって揶揄されてるの」

「いうてもホンマにイロモンやしなあ」

「はぁ……」

即答されて言葉につまる。

「いや、良い意味でやで？　何しろ大園班は依頼を選り好みしよんねん。そこからこぼれたんが獅子原班に回ってくるイメージやな」

そういえば、元海上保安官がそんなようなことを言っていたなと思い出したところで、いや、あれは獅子原班が泥をかぶってくれるから、だったかと思いなおす。

「ただしや、イロモノいうからには正攻法ではいかれへん依頼やら、大園班なんかの脳筋連中には手に負えへんややこしい事件やらも交ざってくるんやで。それを全部どうにかしてるのが獅子原班やねん。まあ、あの獅子原はんやからな。柔軟性やら問題解決能力やらがとんでもないうえに、最後は腕にモノ言わせよるしな」

火災現場で烈が見せたとっさの対応の数々を考えれば、その評価には納得だ。

などという会話を更衣室でしていたら、電話が鳴った。当の烈からだ。

「今からミーティングを始めるんでな。君も参加してくれ」という。いよいよ、ちゃんとした警護に関われるのかも知れないと期待が増した。

「失礼します」

指定されたのは一階のミーティングルームだった。この社屋には各階に依頼人の話を聞く面談室を兼ねたミーティングルームがあるのだ。

「やあ、座ってくれ」

烈が手近の椅子を勧めてくれる。

もしや依頼人がいるのではと緊張したが、中にいるのは烈と一色だけだった。

「これが披露宴会場の見取り図だ。一応頭に入れておいてくれ」

そう言って烈が指し示したのは壁のモニターだ。テーブルの配置図を拡大すると、席ごとに人の名前と属性が出てきた。新郎側、新婦側の招待客が左右のテーブルで赤と青に色分けされているようだ。

本日、十六時より都内のホテルで挙式とそれに続いて披露宴が行われる予定だ。その結婚式の警護依頼を獅子原班が受けており、現在、警護計画の最終確認中なのだ。

「あの、結婚式の警護って、なんか場違いなような気がするんですけど、よくあるんですか？」

航太の問いに烈が、ん？　と首を回してこちらを見た。

「結構あるぞ？　新郎新婦か列席者が要人ってパターンが多いが、たまにあるのが今回みたいなケースだな」

烈によれば、今回の依頼は新郎側からのもの。以前に付き合っていた女性と別れ際に揉めてしまい、以後、つきまといを受けている。元々キレると何をしでかすか分からない女だそうで、理不尽な恨みを募らせ、手の付けられない危険な状態だという。結婚式の日時や場所についてはもちろん知らせていないが、共通の友人経由で情報が漏れてしまっている可能性が高いそうだ。

烈はホワイトボードを使い、航太のために警護計画の立て方をレクチャーしてくれた。

まずは脅威となる対象の特定だ。相手の背景や警護対象者との関わりによって、実際にどのような危険が生じるのか、あるいは法的な措置による危険の回避、話し合いの可否などを判断するのだが、とにかく今回は結婚式を無事終わらせることに注力して欲しいという依頼人の希望だ。

「こんな脅威にさらされていることが新婦側にバレるとまずいらしくてな」

「結婚式を無事乗り切ったからといって、夫婦にとってはそこからが本当の始まりでしょうに。表面だけごまかしても根本的な解決にはなりますまい」

一色の辛辣な言葉に烈が苦笑する。

「まあそう言ってやるなよ。新婦にとっちゃ一生に一度の晴れの場なんだ。男の不始末が原因で台無しにされたとあっちゃ気の毒じゃないか」

「昨今では必ずしも一度限りとも言えないようですけどね。そもそも、そんな男を選ぶ方が悪いのでは？」

「君は本当に手厳しいな」

そう言って華やかに笑うと、烈はこちらを見た。

「一色はああ言っているが、まあ、そんなのは当事者同士の問題さ。我々がやるべきことはこの元カノの侵入と事件の発生を未然に防ぐことだ」

「はい」

烈と一色、航太の三名が一般の参列者を装って警護に入ることになっている。烈はチャペルでの挙式と披露宴に列席、一色と航太は会場外の警備だ。

中はごちそうが食べられていいような気がしたが、一色に言わせると外の警備の方がはるかに気が楽なのだそうだ。

「今回は新郎の友人として完璧に振る舞う必要があるわけですし、班長のように目立つお方ではさぞかしやりにくいかと」

なるほどと思った。

航太はまだ友人の結婚式に参列したことがなかったが、結婚式は男女の出会いの場の一つだと聞いたことがある。そんな中に烈がいては、確かに女性からの注目がすごそうだ。ひとごとのように言っているが、一色だって同じだろう。

「ま、班長はどんな役でもそつなくこなす方ですから、中のことはお任せすればよろしいですよ」

「厚い信頼痛み入るが、今回は例の元カノをとにかく新郎新婦に近づけないことが肝要なんだ。外の君らこそ鉄壁の守りで頼むぜ」

「承知いたしました」

一色がうやうやしく頭を下げる。

烈は薄い紙箱からネクタイを取り出し、照明に透かして眺めている。わずかにピンクがかったシルバーのストライプだ。一色は薄いゴールドのネクタイ。二人とも通常のものより光沢のある生地のスーツに着替えており、フォーマルというかドレッシーな印象だ。

「航太、貸してやるから一色に締めてもらえ。そのままじゃ就活生みたいだからな」

そう言って差し出されたのは薄いピンク色のネクタイだ。

「少しじっとして下さい」

息がかかりそうな距離で、一色に見たこともない色のネクタイをおしゃれなノットで結ばれ、恥ずかしいやらいたたまれないやらでだらだらと汗が出てくる。

「さて、それじゃそろそろ出かけるか。おっと、アレを忘れていた。航太」

ちょいちょいと手招きされて寄っていくと、一色が何となくどんよりした表情を見せている。表立って表情を変えない一色がこんな風に感情を出すのは珍しいことなのだ。

「やはりやるんですね」

「当たり前だろ。結婚式の元カノ案件だからと侮るわけにはいかないさ。俺たちの仕事は何が起こるか予測不能なんだ。ゆめゆめ油断しないでくれ」

「失礼いたしました」

　そう言って一色がすっと頭を下げる。

「さて、航太。出発前の盟約だ」

「はい……？」

　烈の言葉に思わず首を傾げる。

　盟約とは？　一体何をするのかと思ったら、烈と一色の二人はがっちり手を握り合った。といっても握手をしただけなのだが、ちょっとびっくりした。

いつもやりあっている（ように見える）二人が手を握り合っているのだ。めいやく？握手のことなのか？？　ととまどっていると、君もだと促されてしまった。

「え？　え？」

　何を要求されているのかよく分からぬままに中途半端に右手をあげると、烈の左手が伸びてきてがっちりつかまれる。美少女みたいな顔をして意外に男っぽい手だと思った。

「あ、あの？」

　握り合った彼らの手の上に手のひらを重ねるように乗せられ、そのまま烈の手に押さえつけられている状態だ。

一色はと見ると、静かに目を伏せている。

烈が口を開いた。

「何物にも代えがたい君らの命を預かる班長として請う。どうか無傷で、生きて帰れ」

澄んだ瞳が一色を見、それから航太へ向けられる。どこか軽妙ないつもの声色とは違う、真剣で重い言葉だった。

航太は心が揺さぶられ、武者震いのように全身が粟立(あわだ)つのを感じて目をみはる。

「御意」

一色が答える。短く鋭い声だ。

そのまま沈黙が降り、航太はあせった。どう考えても自分の番だ。

「ぎょ、ぎょい？」

少し笑って烈がこちらを見る。穏やかで優しげでそれでいて勇猛、不思議な目の色をしていると思った。

「別に一色の真似じゃなくていいんだぜ？　心のままに答えてくれ」

「じゃ、じゃあ必ず、必ず生きて帰ります」

「上出来だ」

そう言って、烈と一色がパンッと手を叩き交わすのを、眩しい思いで航太は見ていた。

「さあ行こう」

「ええ」

烈の言葉に一色がうなずき、眼鏡のブリッジを指で上げる。

立ち上がった二人はすでに出口へと向かっている。とにかく二人とも歩幅が広いのだ。常人離れした足の長さをうらやみながら、航太は慌てて後を追った。

結論をいえば、この日の警護は成功だった。ほぼ大過なく終わったといえるだろう。

一つ、航太の身に起こったことを除いては――。

事件の顚末はこうだ。新郎の不安は的中、元カノは披露宴会場に姿を現した。それだけではない。ぬけぬけと会場に入りこんだ彼女は新郎新婦の座るひな壇にまで迫ったのだ。

これでは獅子原班が間抜けのようだが、会場の外で人々の出入りに目を光らせていた一色と航太が見逃したわけではない。

航太だって、穴が開くほど彼女の写真を眺めていたのだ。よほどの変装の名人でもない限りは見逃すはずはなかった。

ホテルの宴会場後部の扉越しに中の様子が窺える。

「それでは皆様、ご歓談を」という司会者の声が聞こえ、音楽が流れ始めた。この日の披露宴は極力、余興や挨拶を減らし、歓談の時間を増やす演出なのだそうだ。

警護を担う側としてはあまりありがたくないパターンらしい。出入りが激しくなるし、新郎新婦と写真を撮ったりお酌をするために寄っていく人が増えるため、中の烈も外の航太たちも気が抜けない時間が続くからだ。

と、その時だ。無線から烈の声が聞こえた。

「一色、航太。なるべく目立たないように中に入って来てくれ。ひな壇だ」

トーンを抑えてはいるが、緊迫感が伝わってくる。騒ぎが起こっている様子はないが、何事かあったのだろう。一色に目配せされ、そっと会場に足を踏み入れた。

百人ほどの会場だ。リボンや花で飾られた丸テーブルを囲んで、華やかに着飾った列席者たちが談笑している。

一見どこにも異常はないように見えた。

ひな壇を見ると花嫁の脇に烈がいて、にこやかに笑いながら、なぜか新郎新婦に背を向けていた。話をしている相手は配膳係の女性のようだ。

「やはりそういうことでしたか」

一色がつぶやき、ひな壇に向かって歩き出す。優雅な足取りで、悠然と微笑を浮かべている。

それでいて、めちゃくちゃ速い。

慌てて後を追う航太が追いついた頃には、一色はすでにひな壇脇にいて、烈と二人で配膳係の女性を挟むようにして立っていた。

「さあ、外に出よう」

烈は配膳係の女性に笑いかけたが、その実、力強い手で彼女の腕を押しとどめているのが見て取れた。

「離して、離してよ。大声出すわよ」

押し殺したような女の声は震えている。

「そんなことしたからって何になるんだ？」

「全部ぶち壊してやるんだから」

感情が激してきたのだろう。尖った声にちらほらとこちらを向く人が出てきた。

烈は左手の人差し指を自分の唇の前で立て、静かにと唇を動かし、首を振る。

「もし君が今ここで大声を出すと警察沙汰になっちまうだろ。それは困る。なあ、君は本来こんなことを望むような人間じゃないはずだぜ？　一体何が君をそうさせた？　そいつを聞かせてもらうわけにはいかないかい」

「あなたに何が分かるのよ」

女は烈の腕を振りほどこうとするのだが、烈は上から覗きこむようにしてまっすぐ彼女の目を見て視線を外さない。優しく囁きかけるような声色に、女が一瞬、驚いたように目を見開く。

航太自身もあっと思った。烈の視線から逃れるようにうなだれたのは先日の大人しそうな書店員の女性だったからだ。新郎側から回ってきた写真とはあまりにも印象が違い気づかなかったのだ。

彼女の手にペティナイフが握られているのを見て、うわっと思った。書店で烈の無茶ぶりに懸命に答えていた姿を思い出し、何とも言えない気分になる。

振り返ると、新婦の髪飾り越しに真っ青な顔でこちらを見ている新郎と目が合った。

新婦は泣きそうな顔で前を見ている。

位置関係から見て、どうやら新郎ではなく、新婦の方を狙ったようだ。中に烈がいなければ最悪の事態を招いていたかも知れない。

とりあえず胸をなで下ろしながら、烈と一色についていく。退場する際も烈と一色はどこまでもにこやかで、泣いている配膳係の女を会場の人々から隠すようにして歩いていった。

「久遠君はここで班長の指示を待つように」

会場の外に出ると一色はそう言い残し、烈が女から取りあげたナイフを受けとり、どこかへ電話をしながら慌ただしく走り出した。

烈は少し離れたソファに女を座らせ、うんうんとうなずきながら話を聞いている。

一色は会場の責任者と新郎の兄を連れて戻ってきて話をしているようだ。

話に入るわけにもいかず、航太は一人、手持ちぶさたのまま立っていた。

その時だ。

前方から近づいてきた男に声をかけられ、どきっとした。男はまっすぐ航太を目指してきたような印象を受けた。

「あなたも警護の方ですか？」

一般人が警護という言葉を使うのは珍しい。少し不審に思ったことは覚えている。航太がその男から聞いたのは、ついたての陰に不審な箱があり、もしかすると爆発物かも知れないとかいう話だったはずだ。

だが、そこまでだった。

そこから先の記憶がない。

後から聞いた話では、航太の姿が見えないことに気づいた一色が捜したところ、航太は通路の行き止まりにあるついたての陰でぼんやり立っていたらしい。

珍しくあせった様子の一色から話を聞かされ、瞬時に吐きそうになった航太は慌てて口もとを手で押さえた。

恐怖、そして絶望で身体の芯まで冷たくなっていく。

自分の記憶が信用できないこの感覚。あの時と同じだと思う。父の死を挟んだ二年間の記憶を持たない自分。まただと思った。

喉に何かがつまったようで息が苦しい。

こんなことでは警護員なんて務まるはずがない。来栖の言葉を待つまでもなく、自分には警護員なんて無理なのだと思い知らされた気がした。

とどめを刺したのはその夜見た悪夢だ。

夢の中、中学生のそうびが追われていた。

航太は助けようと走り出すが、サラサラと流れる砂に足を取られて前に進まない。

そうしている間にもバンに乗った男たちはにやにや笑いながら中学生のそうびを追い込んでいく。

「おい、やめろっ」

叫ぶが車は停まらない。いつしかバンは砂漠の中を走る４ＷＤへと変わっていた。乗っているのは武装集団だった。民族衣装を着た者、戦闘服姿の者。覆面をしている者もいる。

制服の少女が男たちに立ち向かい、きっとした表情で向き直る。

男の一人が自動小銃を構えているのに気づいて息を呑んだ。そうびは気づいていない。

「危ないっ。そうびさん逃げてっ」

蟻地獄（ありじごく）のような砂の中、必死でもがきながら叫ぶが、そうびは動かなかった。

ダーンッと空気を震わせ弾丸が飛び出す。

砂の上で胸を撃ち抜かれたそうびが仰向けに倒れていた。血の気の失せた美しい顔は人形のようだ。彼女の心臓に空いた穴を塞ぎ、血を止めようとするが止まらない。じわじわと拡がる血を砂がすべて吸い込んでいく。

「うわあああっ」

叫んで飛び起き、夢だと気づいても心は晴れなかった。手のひらに心臓の穴を塞いだ感触、血に濡れた感触が残っているのだ。

やはり自分はどこかがおかしいのだと思った。


「おいおい、何を言い出す君。待て待て待て。早まってくれるな」

翌日、突然の退職申し出に慌てた烈が航太を手近の会議室へ連れこみ、押しこむようにして椅子に座らせる。

「一色、おーい、水もの魔術師。至急、心が落ち着く飲み物を頼む」

電話に向かって叫ぶように言うと、椅子に座っている航太の前にひざまずくようにして顔を覗きこんでくる。

「あのな、君がショックを受けるのも無理はないが、正直、俺は催眠術を疑ってるんだ。つまり今回の君の記憶の欠落には誰かの作為があったんじゃないかってことだな」

烈の言葉に驚く。

己の記憶のポンコツぶりにばかり意識を持って行かれ、その可能性は考えてもみなかったからだ。

「それって、私に声をかけてきた男が、ってことでしょうか？」

「ああ、多分な。だが、君は当然男の顔を覚えてないし、有力な目撃情報も出なかった。まあ、あの時、周囲は例の元カノの件でバタバタしてたから無理もないんだが……。今だから言うが、実は渋るホテルに頼み込んで監視カメラの映像を見せてもらったんだけどな、残念ながらあの場所は死角だった。しかも例のついたて、ホテル側が置いたものじゃないそうだ。逆にいえば、それこそが犯人の作為の証左ともいえる」

昨日、航太は先に帰されてしまったので、烈がそんな風に調べてくれていたなんて知らなかった。

一色が運んで来た香りのいいペパーミントティーを飲んで、沈みきっていた気持ちが少し落ち着いた。

当然、次の疑問が生じる。

なぜ航太に催眠術をかける必要があったのかということだ。

烈が「はいはいー」と手をあげて言う。

「変質者の通り魔に一票だ。ついたての陰で航太にいたずらしようと思ったところで一色に呼ばれて断念した、と」

「最悪ですね」

一色が端整な顔をゆがめて見せた。

「まったくだ。健全な青少年の敵じゃないか。許せんな」

「いや、そういう発想ができてしまうあなたのことですが」

「俺か⁉」などというやりとりに流されるようにして、この話はうやむやになったのだ。

後日談だが、結局、元カノについてはお咎めなしとなった。どうやら新郎の方もあまり褒められた男ではなかったらしい。先に彼女の方と結婚の約束をしていたのに資産家の令嬢である新婦の出現に早々に乗り換えた経緯があり、新郎の親族も慶事にケチがつくよりは、と穏便に済ませることになったのだ。

中でも大きかったのは新婦の意向だったと聞いた。ナイフを手にしながらも、テーブルの上に置かれていた花嫁手作りの花飾りを大切そうに避けていた元カノの姿に思うところがあったようだ。

撮影されていた画像を見たが、確かに元カノはふらふらとひな壇に近づき、烈に制止されるまで、泣きそうな顔で立ち尽くしていた。

彼女が書店で見せた本を扱う丁寧な手つきを思えば、何となく他人の大切なものや心のこもったものを踏みにじることに痛みを感じる女性なのではないかと想像できた。

烈によれば、彼女は新郎新婦に危害を加えるつもりはなく、あそこで死ぬつもりだったそうだ。

「配膳のバイトとしてうまく入りこんだのはいいが、結婚式を台無しにすることにぎりぎりまで悩んでいたようだな」

「あなたがあそこにいなければ彼女、決行していたんでしょうか？」

一色の問いに烈がうなずく。

「ああ、言ってたよ。阻止してくれて良かったたって。死ぬのがイヤなんじゃなくて、花嫁の気持ちを思うと、やるべきじゃないと思ったそうだ。反面、何としても自分の存在を刻みつけなければいけないと突き動かされるみたいで、相当苦しかったようだな」

「存在を刻みつける……？」

どういう意味なんだろうと思う航太に、足を組んでソファにくつろぎ、一色の淹れたコーヒーを飲みながら烈はふ、と笑った。

「そういう意味じゃ彼女の目論見は成功さ。もしかすると花嫁は今後、静かに夫に対する不信感を育てていくのかも知れん。その上であの夫婦がどうなっていくのかは、まあ、今後のあの男の心がけ次第だろうな」

悪い顔をして言う。

あちこちで手当たり次第に女性を食い散らしてきたらしい男の悪評を新婦は知らずに結婚したそうだ。野心家の男は資産家の令嬢の前では品行方正を装っていたからだ。

書店員の彼女自身、結婚をちらつかせる男の甘言を聞きながらも、頭のどこかで結婚できないかもしれないと思うようになっていた。心の内で予防線を張るようになっていったのだ。だが、二十からの六年間尽くした相手だ。男は彼女を都合の良い女としか思っていなかったようだが、それを認めて、別の女との結婚を許してしまうのはあまりに自分が惨めでかわいそうだと思ったのだという。

「だから、自分はまだ彼を愛していると思いこむことにした」

「なぜそうなるのか分かりませんね」

「それが女心ってものなんじゃないかい？」

つんとして腕組みをしている一色の言葉に烈が言った。

「彼女の執着は自分の存在を守るため、やむにやまれぬものだが、その姿に恐れをなした男は被害者意識を募らせていく。本来ヤツが持つべきもの、罪悪感と置き換えたのさ」

「そんな。彼女が気の毒すぎませんか」

思わずつぶやく航太に烈がウィンクする。

「大丈夫だ。書店で例の質問をしたろ？　分かるんだよ。彼女は本当に本が好きなんだ。本の中には数多の人生がある。それを追体験するのは贅沢な時間だ。彼女の中には最高の財産の蓄積があるのさ。今は少しばかり視野が狭くなっているが、ちょっと引いて見ればすぐに気づく。大丈夫。彼女は自分を客観視して、クズ男に決別するだろう。傷ついても、得たものを胸に必ず立ち上がって歩き出せる」

「見立てが甘いのでは？」

一色の苦言に烈は眉を上げて見せる。

「俺は人間の底力を信じてるんでな」

はははと晴れやかに笑う烈に一色がやれやれと肩をすくめている。

依頼人の話だけ聞いていた分には彼女はタチの悪いストーカーのようにも思えたのに、実際は違ったわけだ。

敵対する人物の心情までをもこんな風に細やかに思いやる。航太は烈の仕事に対する姿勢を素直にすごいと思った。

だが、楽しげな二人の会話を聞きながらも、己にかけられたらしい催眠術の不気味さを思うと、航太の気分は晴れなかった。

気がつくと、航太はククリナイフを夢でも見るようになっていた。

悪夢のバリエーションが増えた気がする。

箱と首、ククリナイフと目隠しの男。そして、異国の市場らしい光景。

何よりも恐ろしいのはその夢が少しずつ先へ進んでいくように思われることだ。

ある日の夢では箱の中にいたはずの航太は、顔見知りの男の首が飛んだ後、箱の外に立っていた。

あたりは血の海だった。噎せ返る血の臭い、硝煙とガソリン臭。複数の遺体が転がる地獄のような光景で航太は誰かを探している。

それが誰なのか、その顔はどのようなものなのか。決定的な瞬間を今はまだ見ずに済んでいるが、夢の中の時間が段々そこへ近づいているような気がする。

果たしてその時、自分は正気でいられるのだろうか——。自分で自分が制御できなくなったみたいで恐ろしかった。

「ダメだ。しっかりしろ」

航太は今、正しい世界の端っこに必死でしがみついている。


「エスコート業務？　航太にか？」

朝、五階のフロアに入った途端、いきなり自分の名が耳に飛びこんできて、航太は立ち止まった。

声の主は烈、話をしている相手はそうびともう一人、営業担当の男性のようだ。

「名指したあ一体どういうこったい？」

烈の声は不審げなものだが、航太に気づいてこちらに向き直るとぱっと笑顔になった。

「やあ航太、おはよう。君にエスコート依頼が来ているんだが、どうやらご指名らしい。心当たりはあるかい？」

「え？　いえ」

なぜ自分がと思ったのだが、依頼人は先日そうびと共に渡瀬のエスコート現場を見学した際の航太の姿に感銘を受け、是非エスコートを頼みたいと言っているそうだ。

「その時、航太が華々しい活躍でも？」

烈の問いにそうびが首を振った。

「いや、久遠は混んだ総武線の車内で嵐の中の小舟のように揺れに身を任せていただけだな」

「おいおい、その姿の何に感銘を受けるっていうんだ」

そうびの遠慮ない評価に思わず身を縮める航太に構わず、烈は営業担当の男性につめ寄っている。営業担当は両手をあげて降参するようなポーズをした。

「だからボクは知りませんて。久遠君に一目ぼれしたとかそんな感じじゃないんですか」

「君な、そんないい加減な情報でうちの新人班員を現場に出せるとでも思ってるのか」

そうび率いるエスコート班には女性警護員が多いので、必要に応じて獅子原班、場合によっては大園班から動員することもあるにはあるのだ。正直、烈がなぜここまで過剰な反応をするのか分かりかねた。

まあいいじゃないか、と割って入ったのはそうびだ。

「そろそろ久遠も一人で任務に就いてもいい頃だ。いきなり警護じゃまずかろうが、夜道のエスコートが主だそうだ。さほどの危険もないだろう。どうだい久遠、やってみるか？」

そうびに問われ、航太は意気揚々とうなずいたのだ。

依頼主の名は広田美海（ひろたみうみ）、二十二歳。特にこれといって変わったところもない。普通にかわいい今時の女子大生という印象だった。

なぜエスコートサービスを必要としているのか、営業から回ってきた情報によれば、アルバイト帰りの夜道が暗く物騒だからというものだったはずだが、実際に会ってみると少し話が違った。

彼女はぱっちりした大きな瞳を恥ずかしそうに伏せ、遠慮がちに口を開く。

「あの……ご迷惑なのは分かっているんです。でも、どうしても久遠さんに私の彼氏のフリをして欲しくて」

「彼氏、ですか？」

どういうことかと思ったが、彼女はストーカー被害に悩んでおり、彼氏と仲むつまじい姿を見せつけることでストーカーをあきらめさせたいと言うのだ。

「でもそれって、エスコートでいいんですか？　警護依頼をされた方がいいのでは？」

航太の言葉に美海は顔を曇らせた。

「そうしたいんですけど、あまりお金がなくて」

泣きそうな声で言う美海に、あっと思った。思い至らない自分を恥じる。聞けば実家からの仕送りはないそうで、彼女は奨学金をもらいながらバイトをかけもちしてぎりぎりの生活をしているというのだ。毎日警護をつけるなんてとても無理な話だろう。

「失礼しました。ではエスコートでできる範囲で対応させていただきますね」

社屋に戻り、その話をすると、烈は一言「却下だ」と言ってのけた。

「うちの班員にそんな仕事をさせるつもりはない。第一、エスコート業務の範疇（はんちゅう）を超えているじゃないか」

烈の声や表情が見たことのない硬いものになっている。いつも飄々としている彼のこの姿は意外だった。

「恋人役を、というのがまず気に食わん」

烈の言葉に航太はわずかに反発を覚えた。

自分はレンタル彼氏みたいなことをやっているのに？　と思ったのだ。

「でも、ちょっと彼氏のフリをするぐらい、大したことないんじゃ……」

「バカ言え。ストーカーにも色んなのがいるんだ。彼氏がいるからって、遠くから君の幸せを祈る、なんて身を引く奥ゆかしいヤツばかりだと思うなよ」

「で、でも、彼女、本当に困ってるんだと思います」

「おい君、変な同情心を持つな。この話はもう終わりだ。君がやろうとしているのはエスコート業務から大きく逸脱する行為だ。正式な警護依頼があるなら話は別だが、君一人の手に負えるものじゃない。どうしてもその決まりを踏み越えるつもりなら即刻任務から退いてもらうぜ」

よほど情けない顔をしていたのだろう、烈ははっとしたように表情を変えた。いつもの彼らしさを取り戻したようだ。

「お、そうだ。いっそ大園班の西田と交替ってのはどうだい？　依頼者も馬鹿げたことを言わなくなるんじゃないか」

西田とはニシさんのことだ。確かに彼では美海の父親ならともかく彼氏には見えないだろう。

「そりゃ君、ガラの悪いおっさんが父親代わりに同行してる方が数倍安全だぜ。うん、こりゃいいな。西田への嫌がらせにも丁度いい」

そう言ってスマホを取り出そうとする烈の手を押しとどめ、航太は頭を下げた。

「あのっ、すみませんでした。気をつけますので引き続き俺にエスコート業務をさせて下さい」

「まったく……。君を信じて送り出すんだ。くれぐれも自分の立場をわきまえてくれよ」

渋い顔でスマホを持つ手を下げた烈の忠告に送られ、アルバイト終わりの美海を迎えに出かける。

バスに乗り、一番後ろの席に並んで座って改めて話を聞いた。

美海は沖縄出身、大学入学を機に上京し、一人暮らしをしているそうだ。

食費を浮かせようと始めたバイト先のレストランで一緒に働いていた男につきまとわれて、怖い思いをしているという。

郵便受けに鳩(はと)の死骸を入れられたり、一度など夜道で口を塞がれ、刃物を突きつけられたのだという。たまたま人が歩いてきて犯人は逃げたが、それ以来、怖くて夜道を歩けなくなってしまったと言いながら、その時の恐怖が甦(よみがえ)ったのか、彼女は小さく震えていた。

この時、航太の脳裏をよぎったのはそうびの話だった。中学生だったそうびを助けて、その後の人生が変わってしまったかも知れない幼稚園の先生のことを連想したのだ。美海の家族が住むのは遠い沖縄だ。頼れる人もいない東京で一人、ストーカーの影に怯(おび)えて暮らす彼女を心底気の毒に思った。

美海はそうびや渡瀬などとはタイプが違う。細く頼りない手足や今にも折れそうな肩、ふわふわと揺れる長い髪、華奢なヒールのサンダル。そうびのように闘えるタイプの女性ではないのだ。

「ところで、あの、広田さん……。何で私だったんですか?」

彼女はあの日、総武線の改札前での渡瀬さんとそうびの会話を偶然耳にし、そのまま近くの車輌に乗りこんで、渡瀬さんや少し離れたところにいたそうびと航太の様子を観察していたらしいのだ。

ならばなぜ航太なのか? あの時に実際、エスコートをしていたのは渡瀬さんだし、航太に注目する前に隣のそうびに目がいきそうなものだろう。

航太の問いに美海は少し言いあぐねる様子を見せ、寂しそうにほほえんで言った。

「あの……。笑わないで聞いてもらえますか? 久遠さんて私が中学の時に好きだった人に似てるんですよ。彼、途中で転校してしまったので、それきり会ってないんですけど、似てるなあって思って」

「それって沖縄の……?」

「そうなんです。あ、名前も違うし別人だって分かってるんですけど、なんか、あの時の彼が大きくなって、こんなに格好良くなって目の前に現れたんじゃないかって思ったら、いてもたってもいられなくなってしまって」

この答えは航太にとって衝撃的だった。

年齢を考えると、それが航太本人である可能性もゼロではない。沖縄に住んだ記憶はなかったが、何しろ二年間の空白があるのだ。しかも、航太の苗字は昔とは違う。久遠は母の旧姓なのだ。単なる死別で子供の苗字を変えるには複雑な手続きが必要だ。父の死より前に両親が離婚していた可能性が高い気がする。だが、そのことを母に問い質すことはできなかった。父の事件と同じように、思いを巡らせるだけでひどい頭痛に見舞われたし、母も自分から話そうとはしないからだ。

もしかすると美海は航太が忘れている何かを知っていて、航太の出方を窺っているのではないか。あるいは航太の苗字が異なるせいで彼女自身も確証を持てずにいるのかも知れない――。

そう考えると、航太は烈に申し訳ないと思いながらも、遠慮がちに腕をからめてくる美海の手をふりほどくことができなかった。

◆

「というわけだ。一色、ここまでで何か気づいた点はあるか？」

死角となりそうなポイントの洗い出しに余念がない獅子原をしばし眺め、一色は顎に指を添え、考える姿勢を取っていた。癖なのだ。

獅子原が見ているのは来週末に高級ホテルの宴会場で行われる某社創立記念パーティーの会場見取り図だ。獅子原班はこの会社の女性社長の警護の任に就く予定である。

「パーティー参加者にはエンドユーザーまで含まれるんですね。この方々の身元確認は可能ですか？　当日の本人確認は？」

「そいつは難しい。何しろテレビ通販で人気商品を連発、一躍成長企業にのし上がった会社だ。エンドユーザーは不特定多数。今回のパーティーは一定金額の購入者が招待される。親しみやすさが信条なのさ。会社と自分たちの距離を感じさせるなんてことはあっちゃならないとの仰せだ」

「みすみす社長ご自身の命を的にするような行為では？」

「それを何とかするのが俺たちの仕事だろ」

　やれやれと思う一色である。

獅子原烈、二十九歳。

この年下の上司の見た目を裏切る剛胆ぶりには目をみはるものがあった。飄々としながらも、とんでもない強行突破を難なくやり遂げてしまうのだ。

　こちらが思いつきもしない奇策は日常茶飯事、突拍子もないことを言い出されるのにももはや慣れっこになった感がある。

　背中を預けるに足る男であるのは間違いないが、それでいて時々、どうしようもない危うさを感じることがあった。

たとえば、獅子原自身の過去に起因すること——。

今回の久遠航太の件にはまともにそれが出てしまったようだった。

いきなり彼を指名してきたことも含め、依頼人の女性にいくつか不審点があるのは事実だが、獅子原はそれを久遠に伝えようとしなかった。

それにしても、と一色は考えている。

獅子原は例の結婚式での催眠術事件を変質者の仕業に仕立て上げていたが、そんなはずはない。あんな人目の多い場所でわいせつ目的、しかも成人男性に向かって催眠術をかける馬鹿がどこにいるというのか。およそありえないことだ。

やはり狙いは久遠航太。彼は思った以上に厄介な業を背負っているらしい。

その守護を任されたのが獅子原烈。まるで毒をもって毒を制すかのようなその人選が吉と出るか凶と出るのか……。などと考えていると荒いノックの音が聞こえた。

「邪魔するぞ」

ミーティングルームにずかずかと入ってきた男を見て驚いた。かの大園班の若きエース来栖龍我（りゅうが）である。

獅子原がおうっと嬉しげな声を上げる。

「来栖じゃないか。どうしたどうした？　我が班への加入希望ならいつでも大歓迎だぜ」

「冗談はよせ。忠告に来ただけだ」

「忠告?」

「ああ、例の新人のことだ」

来栖は手近の椅子にどっかりと腰を下ろすと獅子原の顔を見上げた。

「あいつは危なっかしすぎる。自分の命に対する執着が薄い」

「例のたこ焼きパーティーのことを言ってるのか?」

獅子原の表現に一瞬混乱しそうになるが、来栖が言っているのは久遠航太が大園班の現場でホームレス女性をかばった一件だろう。

「あんたも分かっているはずだ。俺たちの仕事は自分の命と引き替えに警護対象者を生かすものではない。それは最終手段だ」

「ははっ。俺もそうびの姐さんも折に触れ、教えちゃいるんだがな」

獅子原が何とも言えない顔で笑う。

「言葉で理解できる類いのものじゃない。誰だって自分の命は惜しいはずだ。その執着がないのはあいつのどこかに異常があるとしか思えない。それを改められないのならあいつは警護の任に就くべきではない。まして、彼の特殊な状況だ。真実を伝えずに守り抜くことさえ難しいのに、他人の警護をさせるなんて正気の沙汰とは思えない」

「忠告とはそれかい？　あいにくだが、その件に関しては聞く気はないぜ。たとえ君の言葉でもな」

　突き放すような獅子原の言葉に来栖がわずかに顔をゆがめる。

「いくらあんたが得意の策を弄しても、強行突破できないことは必ずある。己が力を過信するな。万が一のことがあれば取り返しがつかない。あんたたちだって無傷では済まないかも知れんのだ。悪いことは言わない。今すぐヤツに真実を伝え、身辺を警戒させろ」

「なあ、来栖」

　獅子原の声は緊迫した場に似つかわしくない幼気なものだった。彼がこんな声を出すのは珍しく、一色でさえも驚いた。

「航太は良い子だろ？　正義感が強くてまっすぐで。あいつは過去にあった凄惨な事件を丸ごと忘れてるんだ。時が来て、彼が自然に思い出すのは仕方がない。だが、今、無理やりに記憶を暴いて、過酷な現実と向き合わせるのは忍びないと俺は思うんだよ」

　来栖が苦々しげに顔をゆがめる。

「だから俺は、その封印された記憶とやらもまとめて航太を護るつもりだぜ」

「烈」

　獅子原の言葉を鋭い声がさえぎった。

「あんた、自分が何を言ってるか分かってるのか？　最悪、自分や班員たちの命をも危険にさらすかも知れないんだぞ」

　ちらりとこちらに視線を向けられ、一色は表情を消す。来栖の意見はもっともなものだが同意するつもりもないのだ。

「大体、記憶がないで済むのか。ヤツは警察を何度も受けて落ち続けたと聞いた。それがなぜなのか、なんでその空白に関係しているとは思わない？　いい加減、ヤツは目を覚ますべきだ。烈。あんた、以前、俺に言ったよな。死籠もりする気かって」

　息を呑んだ。

　死籠もりとは鳥や爬虫類が卵の中で孵化しながらも殻を割ることができずに死んでしまうことをいう。

　来栖はSATを辞めた後しばらく入院していた。彼を立ち直らせたのが獅子原だということは知っていたが、その際のやりとりがいま見えた気がして驚いたのだ。

「ああ、言ったな」

「そのあんたが、なぜなんだ？　なぜ久遠が偽りの安寧の中でぬくぬくと過ごしながら朽ちていく危険に思いを致さない？」

　獅子原は無言だ。表情を殺すと彼の美少女めいた顔はまるで人形のようで、どんな言葉も届かない気がしてくる。

「烈、こんな風に俺を失望させるのか」

ドンッと机を蹴飛ばし勢いこんで来栖が立ち上がる。そのタイミングでノックの音がした。ドアを開いたのは浦川そうびだった。

「お取り込み中失礼するぞ。緊急だ」

はっとして全員が彼女を見る。

「獅子原班長。久遠航太が例のエスコート対象と腕を組み、恋人を装って任務に当たっているのを知っているか？」

「はあ？　何だって？」

「うちの渡瀬が複数回目撃したそうだ」

「冗談きついぞ。あれだけ釘刺したろうが」

獅子原が慌てて久遠に架電するが、応答がない。

「馬鹿かあいつは」

言うが早いか、獅子原が上着を引っつかんで部屋を出て行く。

「どちらへ？」

「魚崎班だ。ＧＰＳを解析させる」

「そら見ろ、だから言ったんだ」

来栖の言葉に思わず浦川そうびと顔を見合わせる。

彼女は大きく肩をすくめて見せた。

◆

航太は美海のバイト先の真向かいにあるコンビニで時間をつぶし、バイトを終えた彼女が出てくるのを待つ。この一週間ですっかり習慣となった行動だ。

美海の経済状況を考えると、エスコートもそろそろ終わりにしなければならないのではないかと思うのだが、何をもって美海にとっての安全と言えるのかが分からずにいる。

ストーカーの姿を見かけたことはないし、美海も最近では嫌がらせがなくなったと言っていた。

烈は彼氏の存在を知って身を引くストーカーばかりではないと言っていたが、美海いわくその男はバイトも辞めたらしい。そのうえでまったく見かけないのであれば、もう安心なのではないかと航太は楽観的な考えを持っていた。

「どうぞ、お茶でも飲んでいって下さい」

美海は毎日そう言うのだが、航太は固辞している。自分は烈の命令に背く形で美海の彼氏のフリをしている。やっていることはエスコート業務の範囲内でも、腕を組み楽しげに話をしていれば彼氏と思われても不思議はなかった。

あれほど目をかけてくれる烈を裏切る。とんでもないことだと思う。烈は自分の身を案じて言ってくれているのだ。

と同時に、ほんのひとときばかり彼氏のフリをすることの何がそんなにいけないのだろうかと思う気持ちもあった。

そういえば、と航太はぼんやり考えている。

以前、大学の二年生くらいまでだっただろうか。航太にも彼女がいたことがある。何かで夜遅くなると、こんな風に家まで送っていったりもしたが、具体的にどんな危険があるのかなんて考えたことがなかった。

ただ、「彼氏」のつとめとして、そうしていただけだ。あるべき姿をなぞっていただけ、周囲の模倣にすぎなかったのかも知れない。

今、人を護る仕事に就いてみると、こんな風な送り迎えの意味もまるで変わって感じられることに驚く。

そもそも、と航太ははにかんだような美海の笑顔を見ながら考える。

自分は本当の意味で人を好きになったことがないのかも知れないという気がした。

彼女たちを大切に送り届けるのが周囲の模倣にすぎなかったのと同じだ。航太は真に心を開いて彼女たちと向き合うことができず、付き合ってみても何だか表面だけ取り繕っているような気がして、すぐに別れてしまう。

彼女たちの方もまた、敏感に何かを感じ取っていたようだ。

「久遠君って、なんかよく分からない。上辺だけしかいないみたい」

「航太は絶対に心の中を見せてくれないよね」

そんなことを言われた。

航太は反論できなかった。口先だけで否定してみたところで、彼女たちの言うのが当たっていると思ったからだ。

それがなぜか考えてみたことがある。

やはり、中学の二年間の記憶の欠落に突き当たった。そこが空白のままである以上、航太自身にも本当の自分がどんな人間であるのか分からないからだ。

自分は不完全な人間だと思う。

だから、本心から人を愛することもできず、大切にすることもできない。

首を振り、ネガティブな考えを振り払う。

「え……」

いつものように玄関の鍵をあけ、照明のスイッチをつけたところで突然、美海が表情を強(こわ)ばらせた。すがりつくような目でこちらを見上げている。何か異変を感じたのだろう。

そうだ、今は美海の身の安全だと思いなおす。

「ああ、それじゃ今日は少しだけ、お邪魔しようかな」

話を合わせて室内に入る。彼女が住むのはワンルームの小さな部屋だ。六畳ぐらいの部屋にベッドと小さな鏡、化粧品を並べた棚、雑誌、ぬいぐるみ。女の子らしい部屋だった。

見回すが特に変わった様子はなかった。

だが、彼女は強ばった表情を崩さず、航太にしがみついて離れない。

アイコンタクトで訊ねると、美海の目はベランダの方を示していた。恐ろしくてとても直視できないというように震えながらそちらに目をやる。

窓には厚手のカーテンがかかっていて、ぴったりと閉じてあった。そのカーテンは窓に対して少し丈が足りないようで下部に隙間があるのだ。

そこにあるものを見て、航太は二、三度まばたきした。

一瞬それが何なのか分からなかった。

一拍遅れて視覚が伝える情報にようやく頭の処理が追いついてくる。デニムにスニーカー。やはりあれは男の足だ。一人暮らしの女性の家に絶対にあってはならないもの。

確かに彼女のマンションの立地は安全を考えるとあまりよくないと感じていた。

坂道が複雑に入り組んだ一角に立つ建物で、後ろが崖になっているのだ。

侵入経路がいくつもあるうえ、人目がない。彼女の部屋は三階だが、その気になれば雨樋を伝って入ってくることだってできるだろう。だからこそ、美海には施錠に気をつけるよう助言をしていた。

航太は、当初ストーカーがベランダに立っているのだと判断した。

だが、よく見ると、その靴はつま先立ちをしているようだ。いや、それはおかしい。幅木の高さを考えると、立っているのではない。まるで上から吊されているようではないか？　さっと肌が粟立つのを感じた。

風が吹くのか、二本の足がかすかに揺れている。

「広田さん、俺の後ろへ。ちょっと目をつぶってて下さい」

小声で言って、航太は身体で美海をかばうようにしてそっとカーテンを開けた。

そこにあったのは航太が予想した通りの光景だった。物干し用の金具に縄をかけ、男がぶら下がっている。無念そうな形相に、思わず身体を硬くした。

「あ、あの何が？」

「あなたは見ない方がいいです。警察を呼びます」

カーテンを元通り閉じようとして手をかけた瞬間、航太は息を呑んだ。

男の目がカッと見開かれたからだ。

「うわっ」

ズダンッと激しい音がして窓ガラスが揺れた。見ればガラスに男が張りついている。

背後で美海がヒッと小さく悲鳴を上げた。

バンバンと激しく窓ガラスが叩かれる。男が首に縄をぶら下げた状態で手のひらを打ちつけ、足で蹴とばしているのだ。

窓を叩いているのと反対側の手にダガーナイフが握られているのを見て、航太はまずいと思った。窓ガラスが割られ、侵入を許してしまえば果たしてこの狭い部屋の中で彼女を守りながら闘えるかどうか――。

いや、今の自分の実力で闘えるわけがなかった。きっと勝ち目などない。

「逃げよう」

美海の手を引いて外に出る。だが、玄関にある彼女のサンダルは華奢で走るのには向かないものばかりだった。それを履いてもらわざるを得ず、今にも転びそうな彼女を助けて走るのは骨が折れた。

同時に航太は頭の中で忙しく考えている。警察に通報しなければならないのは分かっているが、今にもマンション裏の崖の方から男が追ってくるだろう。速度を緩めるのは怖い。このあたりは新興のワンルームマンションのほかは売り家の看板の目立つ古い空き家や駐車場が多く、助けを求めるのは難しそうだ。

何度も後ろを振り返り振り返りしながら走ると、ようやく幅の広い道路に出た。

タクシーの姿が見えて、あれだと思った。

祈るような気持ちで近づくと、空車のサインが見える。

手を上げて呼び止めると、後部座席のドアが開き、ほっとした。美海を後部座席に押しこみ、自分も急いで乗りこんだ。

「木場の方へお願いします」

バタンとドアが閉まり、車が走り出す。

もよりの警察署とも考えたのだが、まずはユナイテッド4に戻りたかった。

とにかく烈の声が聞きたい。いつもの余裕で笑い飛ばして欲しい。そのうえで事情を説明して警察に連絡してもらうのがいいだろう。

スマホに手をかけようとしたところで、はっとした。

思い出したのだ。自分は彼の命令に背いて勝手な行動をしているさなかだった。なのに怖い目に遭ったからといって助けを求めるつもりなのか?

それに、と航太はあせりながら思う。この状況をどう説明する?

窓越しにゾンビが現れ怖かった? 君なあ、何を言ってるんだ? と烈が呆れたように小首を傾げる様が目に浮かんだ。

ものすごく怖かったのは確かだが、実はさほどの危険はなかったのではないかという気もしてきた。死んでいるとばかり思った男が突然襲ってきたのだ。窓越しとはいえ本当に恐怖を感じたが、実際に何か危害を加えられたわけではない。ナイフだってちょっと脅かす程度の意味しかなかったのかも知れない。

警察に通報してもせいぜいが不法侵入ぐらいの罪にしかならないのではないか？

タクシーは快調に走っている。

リアガラス越しに後ろを振り返っても男が追ってくる様子はなかった。

何となく自分一人が大騒ぎをしただけのような気がしてきた。

あのストーカーは美海に彼氏ができたと思い、嫌がらせをしてやろうと思ってベランダで首を吊ったフリをして、美海と航太が帰ってくるのを待ち構えていたのではないか。

もし、航太が本当に美海の彼氏ならば、幼稚な嫌がらせに驚き、美海を連れて早々に逃げ出した臆病者ということになる。場合によっては「あなたがそんなに頼りないとは思わなかった」などと振られることだってあるかも知れない。

単なる嫌がらせと考えると、上出来だ。

自分はどこまで愚かなのか。

君を信じて送り出すと言った烈の表情を思い出すと、彼のことまで貶めてしまったようで心底申し訳なくなった。

『まったく君には失望した』

そんな風に言われたら？　そもそも自分に警護員の資質などなく、そこを見抜かれ警察も不合格になったのではないか。そんな考えに囚われる。

隣で美海が震えているのに気づいて、はっとした。

「とりあえず会社に向かおうと思っています。これからのことは上司と相談させて下さい」

美海がうなずくのを見て、航太はふうとため息をついた。

そうだ。さっきは実害がなかったとはいえ、彼女はこれから先もあそこで一人で暮らしていかなければならないのだ。自分はどこまでいっても一警護員にすぎない。終生彼女を護り通すなんてことはできっこないのだ。

第一、と航太は頭の中でめまぐるしく考えている。このままあそこに戻ったとして、あの男が待ち構えていたらどうするのか。

冷静に考えれば、あれは普通の感覚の人間の所行ではない。彼女のこれからの生活を考えれば、やはりきちんと対処する必要があるだろう。

ではどうすべきなのか――。

情けないが、自分にはどうしていいのか分からなかった。たとえどれほど罵倒されようとも、冷たくあしらわれようとも、烈に助けを求めるのが最善策だと思われる。

「それにしても、あのストーカーすごいことをしますよね。美海さんも怖かったでしょう」

改めてスマホに手をかけながらそう言うと、美海が激しく頭を振った。

「ちがっ、違います。あの男はストーカーじゃありません」

「え?」

航太はフロントガラス越しに拡がる景色を見て、ぎょっとした。

丁度、案内標識を通りすぎたのだ。

向かう方向が正反対だ。

「運転手さん、道が違うんじゃないですか?」

返事が返ってこない。

「運転手さん?　ちょっと」

手を伸ばそうとしたが、犯罪防止目的のアクリル板で隔てられていて届かない。

それでも身を乗り出そうとしたところで急にアクセルを踏みこまれ、背中を座席に打ちつけた。ギュルギュルとタイヤがこすれる音が聞こえる。

運転手がバックミラーの角度を調整する。そこに映る顔を見た美海が「あっ」と息を呑むのが聞こえた。

真っ青になった美海が身を守るように小さくなって震えている。

導き出されるのは最悪の考えだ。それを打ち消して欲しくて航太は訊いた。

「美海さん、まさかこの運転手が……?」

ストーカーですかとは訊けなかった。

本人が目の前にいるのだ。まぬけにもそいつが運転している車にまんまと乗せられてしまった。その気になれば車ごと川に飛びこみ、心中を図ることだってできるだろう。相手の目的や出方が分からない以上、うかつに刺激するようなことは避けるべきだ。

くぐもった泣き声と共に美海がうなずく。

手の込んだ冗談だと思いたかった。

だが、呆けている場合ではない。一刻も早く対処しなければ、と慌ててスマホを操作する。烈の名を呼び出そうとして、愕然とした。

圏外だ。

「な、なんで?」

「お客さん、当タクシーは携帯電話による通話をご遠慮いただいております。勝手ながら電波を遮断してますよ」

ぐふふふうと不気味に笑う声が聞こえた。

唯一の光明を奪われて、航太はぐっと奥歯を噛みしめた。

考えろ、考えろ。どうすればここから逃げられる?

頭の中にさまざまな考えが浮かんだが、どれもうまくいかない。自分だけならともかく美海を連れて走行中の車から飛び降りるなんてとても無理だ。

次に考えたのは信号だ。赤信号で停止した瞬間、ドアを開けて逃げる。とりあえずこの車から出られさえすれば、携帯も使えるはずだ。

だが、やはり問題は美海だった。自分一人ならば難なくできることでも、奥に座っている彼女をうまく外に出すことができるかどうか。万が一、彼女を車内に残したまま走り出されてしまっては最悪だ。

彼女一人が連れ去られるよりはまだ自分がいた方がマシだろう。何ができるのかは分からないが、何とか彼女を護らなければと、航太は唇を噛んだ。

とりあえず、男の目的を知りたい。

意を決し、航太は口を開いた。

「あの、運転手さん、あなたは広田さんのお知り合いなんですか？」

この男が本当に運転手なのか、運転手を装っているのかは分からない。レストランのバイトを辞めた後で転職した可能性もある。とりあえず名前が分からない以上、こう呼ぶのが無難な気がする。

返答はなかった。美海は震えるばかりで声も出ない様子だ。

「これからどこへ向かうおつもりですか？」

そうびの研修にはこんな事態を想定したものはなかったものの、万が一の際、犯人と会話する場合の心構えのようなものを聞かされている。具体的な内容はまだ教わっていないが、とにかく下手を打つとその気もない相手を追いつめ、最悪の事態を招く可能性があるのだ。

俺たちをどうするつもりだ、早く解放しろなどと高圧的に言うのはまずそうだ。

「もし話があるのなら私が聞きます。彼女は帰してあげてもらえませんか」

できるだけ冷静に穏やかな口調で言ったつもりだったが、これは悪手だったようだ。

「はーん。女の前でかっこつけてるんだ。おもろ」

感情の伴わない声がそう言って前から何かを投げられた。航太の腕に当たってガシャンと音を立て、フロアマットの上に落ちる。

手錠と黒い布が見えた。

「美海。そいつに手錠はめて目隠ししろよ」

あれ？　と思った。ストーカーにしてはずいぶん慣れた様子で横柄に名を呼ぶ。まるでこの男が美海の恋人のようではないかと思ったのだ。

美海は「ごめんなさい」と申し訳なさそうな顔をして言い、震える手で航太の両手首を手錠でつなぎ、黒い布で目隠しをした。

抵抗するのは簡単だが、それでどうなるものでもない。とりあえず、航太はされるがままになっていた。

沈黙が続く。聞こえるのはエンジン音、外を走る車のクラクション、風の音。

どれだけ走ったのだろう。道路の音が変わった。高速に乗ったのかも知れない。

　ふと、隣の美海の雰囲気が変わっていくような気がして不思議に思う。
くすんくすんと泣いていたのが、なぜかリラックスした態度に変わってきている。泣くのに飽きたようにも思えた。もちろん、見えるわけではないのだが、視界を塞がれていればこそ、伝わってくるものがあるのだ。怯えていたはずの彼女は今、どこかこの状況に退屈しているような気配が伝わってきていた。

「あのさあ、たーくん、やっぱり怒ってるよね？」

　助手席に向けて身を乗り出すようにして、おずおずと語り出した美海に驚く。

　同じバイト先にいたのならば愛称で呼んでいても別に不思議ではないが、航太が驚いたのは美海の喋り方だった。

　妙になれなれしい。航太と話をしていた時に見せた健気(けなげ)で気丈な顔とずいぶん違う。特にたーくんと呼ぶ声が不快なほどに甘ったるくて、びっくりした。媚(こ)びているといっても過言ではない気がする。

　いや、それは彼女なりの身を守る術(すべ)なのかも知れないと航太は考え直した。

　この状況だ。航太が相手を刺激しないようにと考えたのと同じだろう。相手がストーカーで美海に好意を持っているのなら、確かに美海が甘い言葉をかけるのも一つの策だ。警護にあたるはずの人間がこのていたらくなのだ。航太が頼りにならないとすれば、彼女が取り得る選択はこれしかないのかも知れない。彼女は彼女なりに生き延びようと必死なのだと思った。

運転席にいる男がぼそぼそと言う。

「別に、別れた後でお前が誰と付き合おうと俺には関係なかったんだけど」

別れた後？　ストーカーじゃなかったのか？　航太の反応に美海がはっとしたのが分かった。彼女は運転席の男と目隠しをされた状態の航太を交互に窺っている様子だ。

「けど、ちょっと別れ方が良くなかった。あんなだまし討ちされて、そのまま引き下がったんじゃ、お前、また同じことをするから。そんなの世の中のためにならないと思ったから。おしおき。それ飼い主の義務だよね」

ぼそぼそとあまり感情の感じ取れない低い声で恐ろしげなことを言う。

「あーごめんなさい。あれは本気じゃなかったの。ホントごめん。ちょっと気の迷い？　やっぱりたーくんが一番だなあってあれからずっと思ってたんだって」

「まあ、もういいやそれ。正直、もうお前に未練ないし。だけど、この俺をコケにしたんだからそれなりの罰は受けてもらわないと。世の中的におかしなことになるよね」

美海はえ、と言ったきり絶句した。

「な、何？　そんな怖いこと言わないで。ね？」

必死でご機嫌を取るように言う美海に男はつまらなそうだ。

「まあ、とりあえずは大丈夫なんじゃない？　今のお前に何かする気はないよ。次のパーキングエリアで降りてそっから帰れ」

何だって？　と航太は思った。いや、それ自体は喜ぶべきことなのだ。美海の安全が確保されるならそれに越したことはない。

だが、それでは航太はどうなるのか？　自分も同じ場所で降ろされるのかと一瞬期待したが、そんなことにはならなかった。

「たーくん、ホントにごめんね」

何度もそう言いながら美海が素早く車を降りる。航太に対する言葉はなかった。

騒ぎ立てれば誰か警察を呼んでくれるかと思ったが、パーキングエリアの敷地内は閑散としている様子で人の気配がほとんどない。

ここで騒いで折角解放された美海に何かあってはまずい。彼女と完全に別れてしまった方が動きやすいのではないかと思った。

「さて、彼氏さん？　あんたには、もうちょっと付き合ってもらうから」

男がそう言って車を発進させる。

飼い主の義務だの罰だのという言葉が冗談ならばいいのだが、それではなぜ航太を車に乗せたままなのか。

これまでの二人の会話を総合すると、どうやらストーカー云々は美海の嘘のようだ。このたーくんと付き合っていたのをだまし討ちのようなやり方で別れ、新しい彼と付き合い出した。そのことにたーくんは怒っている。

　でも、おかしいなと航太は首を傾げる。ストーカーに対する美海の怯えようはとても演技とは思えなかった。ストーカーが実はこの元彼だったということは、元彼の報復を恐れていたということにならないだろうか。

　実際、この男の話し方や話している内容は何ともいえず不気味なものだ。視覚を封じられていればこそ分かる。関心のない様子でさらりと流しておきながら、その実、ねっとりとまとわりつくような執着を感じるのだ。

「ねえ彼氏さん。後悔してる？」

　男に訊かれ、ぴくりとした。

「あんたも気の毒だよね。あんな大したことない女のどこが良かったのか知らないけど、だまされて連れてこられて、これからひどい目に遭わされる。災難だよね」

「なぜ？」

　航太の問いに人間味のあまり感じられない男の声が答える。

「見せしめ？　あの手のバカな女は普通のおしおきじゃ改心しないから。バカだから」

「俺をどうするつもりなんですか？」

　男がぐふふふと笑った。

「本当はさ、あんたが実はあの女の彼じゃないことは分かってるんだよね。身代わり頼まれた親切な通りすがりの人」

これは、と思った。それでは最初から分かっていて航太を軟禁していることになる。

「それなら、このあたりでそろそろ終わりにしてもらえませんか？　今ならまだ冗談で済むし、俺も警察に届けたりしませんから」

男は笑ったが、その声は少しも愉快そうではなかった。

「何言ってんだかこの人。もうそんな時期はすぎてるんだけど。もう、戻れない川、渡っちゃったな。引き返せないやお気の毒。そうそう、あのバカ女があんたを雇ったのは新しい彼を守るためだよ。知ってた？」

「は？」

「ご愁傷様。うまくいけば一発やらせてもらえると思ったんだろうけど、残念だったよね」

引きつるような男の笑いに、半人前ではあるが警護員としてのプライドを踏みにじられたような気がした。

航太には美海とどうこうなろうなんてつもりはまったくなかった。純然たる親切心から話を受けたにすぎなかったのだ。

「男がみんな自分みたいな邪(よこしま)な考えの持ち主ばかりだと思わないでもらえますか」

「へえ」と男が笑った。

「クソみてえな良い子チャン。聖人君子面ってのかな。んな男、世の中にいないいない。あ、それか、お兄さんゲイの人？」

馬鹿馬鹿しくて否定する気さえ起きない。

「まあ、いいや。せっかくだから教えてやるけど、あのバカ女、あんたを身代わりにして俺の前に差し出して怒りを鎮めようとしたんさあ。文字通り生け贄だよね。俺、ころっと騙されるー。あんたをいたぶりサツに捕まるー。そうすりゃ大事な今カレ安泰ー、うっとうしい俺も塀の中ー、ってのがあの女の計画」

「本当ですか、それ」

「そ。捨て駒お兄さん」

つまらなそうに言い捨てられて、航太が抱いた感情は怒りではなかった。

それで腑に落ちたのだ。烈の反応だ。

おそらく烈は美海の依頼に、何かしら不自然なものを感じたのだろう。だから、再三忠告してくれたのに、自分はまんまと彼女に利用されて、こんな事態に陥っているのだ。情けなくて涙も出なかった。

航太はため息をついて後部座席にもたれる。

車はどうやら山道に入っているようだ。やたらカーブが多く、車体がガタガタ揺れている。間近で草か木の葉がこすれるようなさわさわいう音、ぴしりと枝が鞭打つような音が聞こえてくる。深い緑や土の匂いを感じた。

「ねえ、教室の入口に黒板消し挟むの、やったことある？」

　突然訊かれて面食らった。

「いけすかない先公をチョークまみれにしたっしょ。あれをさ、美海ん家にやった」

「どういうことですか？」

「爆弾。あ、それで家が吹っ飛ぶわけじゃないよ。威力は最小。小さなケースが頭の上で爆発する程度。あのバカ女と彼がドアを開けると爆発するんだわ。頭から降り注ぐ白い粉、小麦粉だと思ったら大間違いで炭疽菌」

　炭疽菌？　生物兵器じゃないかと思った。アメリカで二〇〇一年九月に起きた同時多発テロの直後にマスコミや政治家に炭疽菌の入った封筒が送りつけられ複数の死傷者を出した。つい先日、そうびの研修で教わったところなのだ。男の言うことが本当かどうか分からなかったが、もし事実なら大変だ。

「でも、ちゃんと施錠して出てきたはず」

　もたもたとサンダルを履く美海から鍵を預かり、急いで施錠した記憶がある。第一、帰宅時にまず玄関周りを確認しているのだ。そんな胡乱なものがあれば気づいている。はったりに違いないと思ったのだが、男はあいかわらずつまらなそうに言う。

「入口はドアだけとは限らんわけ。あんたら逃げた後、首吊り男、追って来てた？」

「それ、どういう意味です？　あの男がその爆弾を仕掛けたってことですか？」

「あいつはおデブちゃんだけど、そこに窓があれば人間一人入るのは簡単なわけ。鍵？ガラスなんだから割ればいいっしょ」

航太はガンと頭を殴られたような気がした。あの男がグルだったのならば、脅されて家を脱出した結果、まんまと罠にはまり、待ち構えていたこの男の車に乗りこんだことになる。自分はなんてまぬけなのだろうと顔を覆いたくなった。

「なんでそんなことを？　というかあの男は誰です？」

つめ寄る航太に、男は「ひゃい怖い」と揶揄する。

「知らね。あの男は何かとんでもないことしでかしたいけど捕まるのはイヤだっていうそこら中にいる悪意の人。それだけ。ネットで募ればわんさか釣れる」

「捕まらないわけがないだろう」

思わず強い語調になる。

「そうだね。まあ、どうでもいいや。俺、黒板消しのチョーク嫌いなんだよね。手が汚れるから。だから代わりに色々やってもらった」

冗談だと思いたかったが、目隠しを取るよう言われ、手錠をはめた手で苦労して外すと、運転席のカーナビで動画が再生されていた。見覚えのある崖とベランダが映っている。

と、室内から「広田さん早く」「ああ、待って。サンダルが」などという自分たちのやりとりが聞こえ、玄関ドアが閉まるのが見えた。

間違いない。美海の部屋だ。

そうか、慌てて電気をつけたまま来てしまったのかと、航太は考えている。

ご丁寧に窓ガラスを割るところを撮影、クレセント錠を外から外す手もとが見え、そのまま大きく画面が揺らいで、室内が映る。

「では、今から爆弾、仕掛けまーす」

ユーチューバー気取りの実況が耳障りだ。

運転席の男の言う通りだった。

自撮りモードに切りかわったカメラをどこかに固定したようだ。

首吊り男の後ろ姿が、玄関のドアと壁をまたぐ形で小さな紙製の小箱を仕掛けているのが映し出されていた。

「こっちのひもが、ドアが開くと引っ張られてパーンってなります。クラッカーの原理ですね。恐怖、死のクラッカーですね」

後ろ姿の男がにひひと笑った。背中からも嬉しそうな様子が伝わってくる。

「これ、悪い冗談ですよね？　炭疽菌は本物じゃないとか」

「なんでそんな冗談するの？　面倒臭い」

体温を感じさせない男の声にぞっとした。

「これはね、時限爆弾。あの女、バカだから自分が浴びたのが炭疽菌だって気づかない。だから、もっとも効果的な時期を選んであんたの死体が発見されるように仕向ける。その頃にはもう手遅れってこと。この時限爆弾の意味が分かるっしょ」

死体？　冗談じゃないぞと航太は内心あせる。話を聞けば聞くほどこの男の不気味さが増すばかりなのだ。

男の計画は周到だった。

美海を途中のパーキングエリアで降ろしたのも計算のうちだと聞いて、愕然とした。

彼の計算によればこうなる。

美海はまず今の彼に電話を入れる。といってもスマホはこの男が取りあげてしまったので公衆電話を使うことになるだろう。しかし、彼は車を持っていないため、すぐにパーキングエリアに来ることはできない。友人の車を借りるか、レンタカーか。いずれにしたところで迎えに来るまで数時間はかかるだろう。

すぐに帰路についたとしても東京到着は早くて午前二時頃。そこからすぐに美海の家には戻らないと男は言うのだ。夜に帰って首吊り男がまだうろついていては怖いし、美海は今彼にぞっこんで、彼を危険にさらしたくはないからだそうだ。

「お兄さんを危険にさらすのは問題なかったようだけど」

表情のない声で言われ、ぐふふと笑われた。

自分は警護員なのでそれは問題ないと反論したかったが、ぐっと呑みこんだ。

朝になって美海は彼を伴って帰宅する。

「なぜそう言い切れるんですか？」

「言い切れるも何もあのバカ女の行動なんか全部読めてるから」

ざりざりと音を立てて車が停まった。

周囲を見回して航太は息を呑んだ。

どこだよここはと思ったのだ。

幸いにも満月の夜だ。ぼんやりと景色が浮かんで見える。

採石場なのか、大きく抉られた山肌がむき出しになっており、その手前にごちゃごちゃと色んなものが積み上げられていた。

トレーラーハウスのようなもの、巨大なコンテナ、冷蔵庫、テレビ、エアコンの室外機など、どれも錆びたり朽ちたり泥をかぶったり、長年放置されているらしいことが分かる。グラフィティアートというのか、あちこちにスプレーによる落書きがなされていた。街でよく見かけるような丸っこい文字みたいな形が多い中で、一つだけやたら端正な文字があって違和感を覚えた。

大学の時に図書館で見たことがあるフラクトゥールと呼ばれるかつてドイツで使われ

ていた髭文字に近い気がする。華麗な装飾を施した文字なのだが、それをさらに図案化し、二つの文字を組み合わせているように見える。ここだけが明らかに他の落書きと異なる印象だ。

どこかで同じものを見たことがある気がする。とてもよく知っているようで、それでいてよそよそしい、冷たい感じのする文字だ。

だが、その落書きに目を奪われたのも束の間、圧倒的に目を引いたのは随所に浮かぶ白だった。

何だろうこれは、と目をこらして見る。

どうやら花のようだった。航太の身長よりも高いどっしりとした緑の木が何本も植わっており、そこに白い花が咲いているのだ。

巨大な花だ。直径三〇センチはあろうかという花弁を絞ったラッパのような形状で、一様に下を向いて咲いている。

大変な数の花だった。五十や百ではきかないだろう。何百輪もの細長い花がみっしり並んでいる。

夜の闇の中、殺伐とした産業廃棄物の山をバックに、ずらりと白い花が並び、月明かりに浮かぶ様はまるで奇妙な形のランタンのようで、この世の景色とは思えなかった。

あたりには甘い香りが漂い、酔ったようになる。

「この花、エンジェルストランペット」

男に言われ、ああ、なるほどと思った。

かわいらしい子供の姿をした天使が細長いラッパを吹くイラストを見たことがあるが、目の前の花はそれにそっくりだったのだ。

「なんでこんなにたくさん咲いてるんですか？」

男は答えず、運転席で何かしている。

今なら逃げられる。いや、当然追ってくるだろうが、やってみる価値はあるんじゃないかと航太は思った。

そっと腰を浮かせ、立ち上がりかけたところでバチバチッと音がして、ふとももあたりに恐ろしい衝撃を感じた。

一瞬何が起こったのか分からなかった。やがて遅れてスタンガンだと思い当たる。スタンガンについてはユナイテッド4の器材室に保管されているのを見せてもらったが、民間の警備員が携行することは許されていない。あくまでも参考として見ただけだ。まさか自分の身をもってその効果を味わうことになろうとは思わなかった。

筋肉がぎゅっと引きつる。身体中が痺（しび）れたようになって冷や汗が出てきた。自分の身体ではないみたいだ。どこもかしこも言うことを聞かなくなって脳の指令が伝わらない。動かせないのだ。にもかかわらず、全身を貫く痛みが脳天にまで駆け上がってくる。航太はそのまま座席に崩れ落ちてしまった。

意識はあった。動けないだけだ。

「困るんだけど。あんたの死体は重要なキーアイテムなんだって」

感情の伴わない声が頭上で聞こえた。

「炭疽菌は発症までに潜伏期間があんだよ。あのバカ女があんたがここで死んだことを知って、あの爆弾がただの嫌がらせじゃなくてヤバいものだって気づいた頃にはもう手遅れって段取り。そのためには気の毒だけどあんたはここでえらいこっちゃな死に方をしてもらわないと」

ずるりと車から引きずり出される。

「くっ」

手錠をかけられた両手を振り上げ、男の顔を殴ろうとして逆に腹を蹴られた。

蹴られた腹の痛みとスタンガンによる痛みが合わさり、百倍になって襲ってくるようだ。航太は地面に横たわり、のたうち回っている。

「俺を……殺して、ただで済むと思ってる、のか。あんたの嫌いな、自分で手を下すことになる」

男がぐふふふと笑った。

「大丈夫。これからあんたが入るのは自分で自分を壊す部屋だから」

自分で自分を壊す部屋？　どういう意味だと思った。いやいい。それが何であれ、無抵抗でされるがままになってたまるかと思う。

「ふん、しぶといヤツ」

肘を支えに立ち上がろうとした航太の顎を、思い切り男のつま先が蹴り上げる。

強い痛みに脳が揺れ、意識が途切れた。

◆

「ＧＰＳが途切れてる？　どういうことだ」

魚崎班の拠点である器材室で獅子原が声を上げた。苛立ち（いらだ）ちをあらわにしかけ、唇を噛んで無理やり冷静さを取り戻すのを一色は横目で見ていた。

魚崎の説明によれば電波を遮断する何らかの干渉があるということらしい。

ユナイテッド４では魚崎班が開発した勤怠管理システムを使用している。出退勤のほか、エスコートを含む警護業務の開始と終了時に入力するものだ。

魚崎いわく、久遠のスマホより広田美海に対するエスコート業務開始の打刻はあったものの、終了報告がなされないまま先ほど電波が途切れたらしい。獅子原の依頼により、魚崎班では久遠のＧＰＳを常時監視しており、異常が起こると警告を発するプログラムを組んでいる。

GPSの移動履歴を辿った結果、信号が途切れた位置が特定された。

「スマホのバッテリーが切れたとか?」

魚崎班の若手、ロックバンドのTシャツを着たピンク色の髪の男性の発言に、魚崎が心配そうな顔で首を振る。

「IDの方も同時に途切れたんだ。何らかの理由で久遠君ごと電波を遮断された環境に置かれていると いうことだと思うよ」

ユナイテッド4の警護員が持つIDカードにはGPS機能が搭載されている。もちろんスマホも含めてプライベートに際しては機能を切ることもできるのだが、獅子原はこのことを久遠に説明していなかった。

もちろん故意だ。不測の事態に備えてのこと。時折、点検と称してカードを回収、充電する労を魚崎に強いる結果になったことも含め、獅子原はどこまでも食えない男なのだ。

「お待ち下さい班長、そこからどう追うつもりです?」

「分からんっ」

エレベーターを呼ぶ時間さえ惜しみ階段を駆け下りていく獅子原を追いかける。

社屋奥にある駐車場にはずらりと社用車が並んでいる。大型バンや超高級車には目もくれず、獅子原が走り寄ったのは黒のスポーツカー、RX－7だった。

「ウチの車じゃ小回りがきかないからな。俺のを使う」

そう言ってドアロックを外すと、彼はキーを一色に投げて寄越した。

「私が運転するんですね」

「大事な愛車を任せるんだ。君にしか頼めないだろ」

不本意ながら獅子原の愛車を運転する。助手席の獅子原は行く先をナビゲートしながらノートパソコンで何重にも立ち上げた地図を見ていた。

やがて、GPSの信号が途絶えた地点にさしかかる。

片側二車線の道路で、一方が大学の敷地になっている。獅子原が目をつけたのは交差点の角に位置する小さな唐揚げ店だった。

民家の一角を改造した掘っ立て小屋のような店舗だ。老婦人が暇そうに店番をしているのが見える。獅子原はパソコンを小脇に抱えたままで唐揚げ店に向かい一目散に走って行った。

この近辺に例の女、広田美海の家があるのは分かっている。

ユナイテッド4では警護を希望する依頼人に対し、まずは氏名、住所その他を書かせ、本人確認書類と突き合わせる。久遠航太を名指しした依頼人に不審を抱いた獅子原が内密に調査を開始していたのだ。広田美海がこの事態に一枚噛んでいるのは明白。おそらく彼女も久遠と一緒にいるのだろうと思われた。

獅子原が人好きのする笑顔を浮かべ唐揚げ店へ近づいていく。中にいる老婦人の顔が遠目にも華やいだものに変わるのが見て取れた。

一色はやれやれとため息をつく。獅子原は持てるものを最大限に利用するのだ。それが己の容姿であったとしても――。

近くのコンビニで車を停めて待つ。

十分後、獅子原が戻ってきた。唐揚げの袋を持っている。

「買ってきたんですか、それ」

しかも彼の持つ袋はひと抱えもあるものだ。たちまち獅子原の愛車が唐揚げの匂いで一杯になった。

「あすこのご婦人には極めて有益な情報を提供していただいたんだ。礼を尽くすのが当然だろう。君、良かったら食べていいぞ」

乗りこむと同時に獅子原から行き先を指示され、すでに車を発進させた後だ。

「運転しながらどうやって食べるんです？」

「それもそうだな。一色、今こそ君に宣言しておこう。俺は願掛けをすることにした。航太の無事を確認できるまで俺は唐揚げ断ちをする」

「はあ、さようでございますか」

「いや、君は気にせず食べてくれていいんだぞ。俺が食べさせてやってもいいが、君また、その手でパソコンを触るなとか何とかうるさいだろ」

「当然では？」

正直なところ、何かを食べるような気分ではない。おそらく獅子原自身もそうなのだろう。

彼は軽口を叩く間も忙しなくパソコンを操作し、スマホとつないで何かしている。

画面を覗き見て驚いた。

「まさかそれ、監視カメラの映像ですか？」

「ああ、唐揚げ屋のご婦人が隣のマンションの大家さんに話を通してくれてな。大家さんが監視カメラを見せてくれたんだ。これがまたうまい具合に道路の方を向いていて……ちょっと君の電話を貸してくれ」

ちゃっかりデータをコピーしてきたうえで、現在送信中だ。一色の胸ポケットからスマホをするりと抜き取ると魚崎を呼び出し、解析を頼んでいる。

獅子原が目をつけた唐揚げ店の老婦人は久遠と例の女が慌てた様子でタクシーに乗りこむのを目撃していたらしい。その画像を魚崎班に送り、タクシー会社の特定を依頼しているのだ。

あいかわらずとんでもない行動力、コミュニケーション能力――。

感心する以上に呆れる。これが獅子原烈という男なのだ。

タクシーの向かった方向へ走ってきたものの、ここから先は道路が分岐している。闇雲に進むわけにはいかず、一色は路肩に車を停め、ハザードランプを点灯した。

強い焦燥に駆られるが、魚崎の解析を待つ以外にできることがない。タクシー会社に問い合わせ、該当する車の運転手と連絡を取るか、その会社がそれなりの設備を有していれば現在地を特定することも可能だろうが、タクシー業界にはまだまだそういった部分の整備が追いついていない中小の会社も多く、個人営業のものもある。これについては運頼みだった。

そっと窺い見ると、獅子原は唇に親指を当て、爪を噛みながら画面上に浮かぶ地図を睨んでいる。

こんな時、痛感させられるのは警察と民間の差だ。警察ならばすぐに緊急配備を敷いて検問を実施することだってできるだろう。

もっとも現在のところ、表に出ている情報を見る限りは単純に久遠が消息を絶ったというだけだ。それだけでは警察は動くまいが、監視カメラの映像の提出やタクシー会社の特定、情報提供の依頼など、市民の協力、令状請求などの必要性はあれ彼らにとって容易なことが民間の自分らにはほぼ不可能に近い。

今回は獅子原の話術が功を奏して、監視カメラの映像が手に入ったが、通常、こんなに何もかもがうまくいくものでは決してなかった。獅子原がいてこそ成立する奇跡に近い。

　はなはだ不本意ながら彼の能力を認めざるを得ないが、一人の人物の異能に頼り切りでは組織のあり方としてあまりに歪で脆弱だ。

　獅子原が率いる班はそれでいいのかも知れないが、一色としては自らの誇りにかけても、獅子原の能力ありきで事にあたるなんてことは絶対に容認できないのである。

　獅子原のスマホに着信。スピーカーホンから魚崎の声が流れてくる。魚崎の声は興奮気味だった。

　ついさっき、一瞬、久遠のＧＰＳが復活し、二分後、再び反応が消失したとのことだ。やはりスマホとＩＤカード双方のタイミングが同時だったらしい。

　位置情報が送られてきている。

　獅子原とほぼ同時に、一色は一旦外していたシートベルトを装着した。

　タクシーの方は中小の会社でＧＰＳによる追跡は不可能。現在、ナンバーから該当車輌を特定し、無線による呼びかけをしているものの応答がないそうだ。

「ん、了解した。感謝するぜ、魚崎班長。今度、君に唐揚げでもご馳走しよう。期待しておいてくれ」

　獅子原はそう言って電話を切る。

「飛ばせ一色。ただし捕まらない程度に頼むぜ」

「承知」

とうに発進させていた車のアクセルをさらに踏みこむ。持ち主によく似て性能は飛び抜けていいが、恐ろしく癖のある車が一気に加速し、周囲の景色が後ろに飛んでいった。

◆

気がつくと航太は手足、頭部を拘束されていた。どうやら手錠のままで椅子に縛りつけられているようだ。起き上がろうともがくのだが、がっちり固定されていて動けない。椅子には頭部をもたせかける部分があるようで、そこに頭が固定されているのだ。

毒——？

口に枷(かせ)のようなものがはめられ、閉じることができない。開いたままの口に向かって頭上から一滴ずつ何かの液体が落ちてきている。

ぴちょん、ぴちょんとわずかに甘く、そして苦い液体がむき出しになった舌を伝い、たらたらと喉を通過していく。いくら身をよじっても、身体ごと椅子にぐるぐる巻きにされているようでまったく動けなかった。

顔の真上にガラスの実験器具のようなものがある。滴下装置とでも呼ぶのだろうか、点滴みたいに液体の落ちる速度を調節できるような器具が天井からぶら下がっているのだ。

　器具はわずかに黄味を帯びた透明の液体で満たされている。このままでは、あれが全部口に入ってしまう。

　あせって暴れるが、口を閉じることはできないし、顔を背けることもできない。

　次第に目の前の景色がぼやけてきた。

　男の声が聞こえる。

「あー暴れなくて大丈夫。即死する毒じゃないから。炭疽菌でもないよ。そんな頭の悪い犯罪しないから」

　完全に信用したわけではないが、少しだけ落ち着いた。目だけ動かして周囲を見る。周囲に男の気配はないようだ。どういうことだ？　遠隔で通話しているのか。

「そこコンテナの中。外から鍵、がっちりかけたから密室だよね。まあ、頑張ればそのボンデージ外れっかも知んないけど、外に出るのは無理、中からは開かない仕様なので。電波も通さないから携帯も圏外。だってさあ、安易に助けが呼べるとか、そんなイージーモードじゃつまんねえじゃん」

「一体、何をしたいんだ⁉」

　叫んだつもりだが、開いたままの口からこぼれた言葉は形をなさず、ああ、ああと声が出ただけだった。その拍子に天井から落ちてくる液体が気管に入り、航太は激しくむせた。

「だーかーら。あんたはこれから自分で自分を壊すの。その一部始終を映した動画をあの女に送りつけたら喜びますから、さようなら。あ、そうそう。万が一、あんたがすげえヤツで己に打ち勝ったとしてもさ、そこの酸素、そんなにもたないだろうね、どっちみちジ・エンド、絶望の中の子猫ちゃん。ばいばい」

「待て、待ってくれ」

叫ぶが言葉にならない。男はそれきり沈黙してしまった。

この姿をどこからか鑑賞しているとでもいうのか。何て悪趣味なんだと腸が煮えくりかえりそうだ。

視界がぼやけ、ものが二重に見えてきた。とにかくこの拘束を外さなければ、と必死になって暴れるのだが、先ほどのスタンガンと蹴られて脳が揺れた衝撃もあるのか、とにかく身体が言うことを聞かない。

何度も何度も、身をよじる。ハアハアいう自分の息が獣みたいだ。ぽとり、ぽとりと不気味な液体が落ちてくるのに、開いたままの口は乾いたままだ。とめどなく流れ出す唾液に混じっていくらかは外に出ていそうだが、喉の奥に流れこんでくるものがある。口の中は甘い苦みで一杯で、航太は何度もむせて咳きこみ、顔じゅう涙と涎と液体でどろどろだ。

暴れれば暴れるほど息が上がってとにかく苦しい。そして全身の痛みだ。筋肉のすべてが悲鳴を上げている。

全身に汗が噴き出してきた。身体がだるい。目がかすむ。

もう、いいかな――。ふと思った。

何をこんなにムキになっているんだろう。こんなにしんどい思いをするならここで死んだ方が楽なんじゃ……。

そう思いながらも、航太は腹筋を使い、足を跳ね上げ、身をよじるのをやめなかった。

「あ」

少しずつ拘束しているものが緩んでいくのを感じる。そこからは早かった。どうやら幅の広いビニールテープ状のもので巻かれていたようで、テープが伸び始めたのだ。

頭の後ろのベルトを外し、口の枷をむしり取ってようやく椅子から逃れ、転がり落ちた航太は目の前の光景に絶句した。

部屋のすべてが鏡張りなのだ。そこに歯科医院で使うような背もたれを倒せる古びた革張りの椅子が置かれ、真上に滴下装置がぶら下げてある。その周囲には空き缶やペットボトル、タバコの吸い殻、変色した新聞、破れたエロ本などが散乱していた。

あとはただ鏡だ。どこまでいっても鏡ばかりで、合わせ鏡の中で自分の姿がいくつも

いくつも連なっている。

さらには床に散乱したゴミの中に、こればかりは真新しい照明器具が置かれていた。地球儀ぐらいの丸い球体が次々に色を変えていくのだ。

赤、ピンク、紫、黄、青、緑、白。鮮やかであでやかで狂気のような色彩が鏡とゴミを照らし染める。その度に鏡に映る無限の数の自分の姿が侵蝕されていくようだ。

手錠に囚われ、這いつくばる自分の前、後ろ、左、右、あらゆる角度から映し出されている。惨めだった。まるで見世物みたいだと思う。

身を隠したいと願ったが、どこにも逃げ場がなかった。

鏡を叩いてもびくともしない。四方がぴたりと合わさった鏡面の部屋には出口が見つからないのだ。

突如、異変が起こった。

目の前に先ほど見た髭文字が浮かび上がったと思ったら、ざあーっと砂のように流れ落ちていく。空っぽになった椅子に滴る滴下装置の液体と一体となって滝のように降っていた。と思うと、透明だった液体が糸を引き、ねばつくように落ちている。

赤い。これは血だと悟った。

むせ返るような血の臭いの中でおそるおそる天井を見上げると、逆さ吊りになった男が喉を掻き切られて死んでいた。

ぶらんぶらんと振り子のように揺れる。

片足を天井から吊られた男。

その顔には見覚えがあった。銀色の髪、そして制服。警視庁の採用試験を受けた時の面接官だ。彼の目は驚きに見開かれていた。ふと身体が逆の方向へ傾いで、この世のものとは思えない声が言う。

「お前は警察には不要の人材だ。人材は人災だ。災いを呼ぶ人間を雇う会社などどこにもない。お前は生きているだけで人を殺す、毒だ。劇薬、殺人鬼だ」

自分の手が面接官の血で濡れている。

「俺が殺した?」

両手を拡げ、しゃがみこみ、航太は絶叫した。

血の赤が地平線を染める夕陽となって、ぶわりと膨れあがる。目の前に砂漠の景色が拡がり、航太は驚いて後ずさった。

見渡す限りの砂塵、乾いた砂の匂い、恐ろしく熱い風。砂礫の向こうから何かとてつもなく禍々しいものがやってくる。気がつくと航太は自動小銃を手にしていた。

殺られる前に殺る。自動小銃を乱射する。

目の前に転がっているのは父の遺体だった。赤い血、ぶちまけられた脳漿、どろりとはみ出した内臓。

「おっ、俺は何てことをしてしまったんだ」

うわああと喉が焼き切れるまで叫び、父を助けようと、割れた頭蓋に脳味噌を戻し入れるべく慌てて掻き集めた。

血と豆腐みたいなもろもろした白いものの中に懐中時計を見つけて、首を傾げる。

父の命は懐中時計で動いていたのかと思った。耳に近づけると、音がしない。銃弾を受けて壊れてしまっている。

爪の間が血と脳漿で一杯だ。その爪を立てて懐中時計をこじ開けると、ぱかんと間の抜けた音を立て、蓋が開いた。何か変わった模様が刻み込まれている。何だろう、これ。どこかで見た気がする。

「うわっ」

突然、インパラが目の前に飛び込んで来て、尻餅をついた。

怯えたように見開かれたインパラの目は横一列にたくさん並んでいて真っ黒だった。黒々とした虚のような八つの丸。蜘蛛の目だと知る。

振り返る。航太を飛び越えて逃げ去っていくインパラは華奢なヒールのサンダルを履いていて、とても無防備だ。

航太は大きなバンに乗っていて、細い道へインパラを追いこんでいった。

「弱いものなど狩ってしまえ」

唸りを上げるタイヤの下で、インパラは引き裂かれていた。あはははと調子外れに笑う自分の声が聞こえる。たこ焼き一丁、まいどありーと歌いながら、先端の尖ったピックで目玉を順番にくるくるとひっくり返していく。突き刺さった先端に、黒く丸い目がぷちぷちと音を立てて破裂して、汚い茶色のどろりと濁った汁が飛び出してくる。

『人殺し』『お前が死ね』『一生罪を償え』

突然、罵る声が何重にも聞こえ、驚いて顔を上げた。何百輪もの細長い白い花がみっしり並んでいる。

エンジェルストランペットかと思った瞬間、その花がすべて人の顔をしていることに気づいてたじろぐ。老若男女、中学の時の同級生？　美海？　さまざまな顔、声、あどけない小さな子供までもが険しい表情で航太を睨み糾弾する。

『絶対にお前を許さない』『クズ』『死んだ人間を返せ、返してくれ』

「もう、もうやめてくれっ」

手錠につながれた両手で顔を隠そうとするが、目元を覆うので精一杯だ。

『責任を取れ』『生きる価値なし』

どれぐらいそうしていただろうか。しんとしている。おそるおそる手を離すと、恐ろしい人面花は消えていた。

鏡の羅列に映し出されているのはこの世のものとは思えない醜い自分の姿だった。

血や脳漿にまみれ、鏡の檻（おり）に囚われている。

すべて腑に落ちた。

これこそが自分の本性なのだ。醜くゆがんだ欲望と自己愛のなれのはての怪物。おかしくなって航太は笑い出した。

『久遠君』

どこかで聞いた声に顔を上げて驚く。大学の時の彼女がそこにいた。

「え、なんで？　こんな所にいちゃ危ない」

『大丈夫だよ。航太が護ってくれるんでしょ』

『久遠君って、なんかよく分からない。上辺だけしかいないみたい』

『航太は絶対に心の中を見せてくれないよね』

「もうやめてくれ」

もう分かったよ、そうだよ、俺は不完全な人間だ。だから、心の深いところから他人を愛することができないし、大切にすることもできない。土台こんな人間に警察官など務まるはずがなかったのだ。

ユナイテッド4だって同じことだ。

こんな自分にまともにできる仕事などあるはずがないのだ。働く資格すらない。

こんな人間、生きているだけで害悪なのだ。そう思った瞬間、座っていた椅子の足もとにダガーナイフが置かれているのに気づいた。赤やピンク、紫の照明に刃先がぬらりと光る。

手錠がはまったままの指先でナイフをつかみ上げると、冷たい刃先が指に触れた。ああ、これだ、これを探していたのだと安堵した。

そうびの研修で習った。頸動脈を切り裂けば、噴水みたいに血が噴き出してほぼ即死だ。

さあ、これで死ねる。すべての苦しみから逃れることができるのだ。喉元からこみ上げてくるのは深い安堵感だった。

ためらいなくナイフを振り上げた時、座り込んだつま先が何かを蹴飛ばした。

カチンと金属が転がる音を聞いた瞬間、あっと思った。

ナイフを持つ手が震え出す。薄汚れたハンカチで包まれたコーヒーの空き缶が脳裏に浮かんだのだ。

『死になや』

肩の後ろで囁かれたような気がして、びくりとする。

『あんたはな……何があっても生きて帰るんや。もうアカンと思うても、そこで、あきらめたら、終わりなんや』

ホームレス老人の声が聞こえた。

「なんで？　俺なんか、俺なんか……」

幸多かれと願い、成長を見守る。父、母、祖父母、曾祖母たちの温かい愛情に包まれた幸福の記憶が甦った。

ショッピングモールの船着き場近くのアスファルトの上でたった一人で死んでいった老人の姿が浮かぶ。

航太は我知らず嗚咽を漏らしていた。

ごしごしと顔をこする。手錠が顔に当たって痛みを感じたが構わなかった。

生きなきゃ。そう思った。

こんなところで死んでたまるか——。

鏡にぶつかるようにして何とか立ち上がる。息が苦しい。男が言ったことは本当だったようだ。酸素が薄くなっているせいか、例の液体のせいなのか、息が苦しく頭が痛い。

それでも、何としても、絶対にここから出るんだと思った。油断するとまた幻覚に呑まれてしまうだろう。航太は自分の手の甲を思い切り噛んだ。口中に血の味が拡がるが、痛みが頭にかかった霧を追い払ってくれる気がした。

鏡の部屋の一ヶ所が出口になっているのを見つけた。やった、と喜んだのも束の間、揺さぶっても蹴飛ばしても体当たりしても、びくともしない。

動けば動くほど酸素を消費し、まずい。

少しはっきりした意識で考える。手錠のはまった手で苦労してスマホを出すと、圏外の表示が見えて落胆した。

だが、まだだと思った。何かが引っかかっているのだ。それが何なのか。はっと気がついて鏡の上部を見上げた。

男は動画を美海に見せると言っていた。さらには声が聞こえた。ということは、おそらくどこかで通信がつながっているはずだ。ここが本当に電波を遮断するコンテナの中だとするなら、何か別の方法で通信をしているはずだ。目がかすむ。息苦しい。航太はずきずき痛む手の甲の傷を反対側の手で握り、意識を保ちながら鏡の上部を目で探る。

「あった」

隠しカメラのレンズだ。そのまま背伸びして後ろに手を伸ばすとコードに触れた。

歯科医院風の椅子を押す。あまりにも重い。びくともしないのだ。それでもこれ以外に方法がない。少しずつ少しずつ、ぜいぜいと肩で呼吸をしながら重い椅子を押していく。

ようやく鏡の前まで運ぶ。喉からひゅーひゅーと音が漏れる。苦しい。息ができない。水の中で溺れているみたいだ。こんなに辛いのならばもうあきらめた方が……。

弱気になる自分の横っ面を張り飛ばしたのは頭の中の烈の声だった。

盟約が航太を縛る。

『どうか無傷で、生きて帰れ』その言葉に自分は生きて帰ると誓ったのではなかったか。まだ、まだだ。自分は何もしていない。ユナイテッド4で人を護り、烈やそうびたちから色んなことを教わりたいと強く願う。

恐ろしく重く感じられる足を持ち上げ、航太はどうにか椅子の上に乗った。

思った通りだ。コードを束ねたものが外へ出ている。直径一センチにも満たない穴に向けて手錠に縛められて不自由な手先でスマホをかざす。

こんなんで電波が入るのだろうかと疑った瞬間、けたたましくスマホが鳴った。

ぼやける視界に獅子原烈の文字が見える。震える指を伸ばして画面をスワイプした。

電話の向こうで烈が何か叫んでいるのが聞こえる。航太は必死で言った。

「獅子原さ、ん……。広田みうみさんの家に炭疽菌が仕掛けられた恐れがあり……ます」

自分の声が徐々に間延びしていく。

「家、帰るの、危険と、伝えて……」

限界だった。そこまで言ったところで航太は再び意識を喪失した。

◆

一色の眼前、錆の浮かんだ巨大なコンテナの中からかすかに着信音が聞こえた。獅子原が自動リダイヤル機能を使って久遠にかけ続けるもずっと圏外だったのが、突如つながったのだ。

周囲を警戒しながらコンテナの扉をこじ開け、内部を見て一気に頭が冷えた。全面鏡張りの中で手錠をかけられた久遠が倒れているのが見えたからだ。天井の滴下装置を見上げ、揮発性の有害物質が充満している可能性を一瞬、考慮した。

獅子原も同様らしく、この場でとどまるよう一色を目で制し、自身は一気に突き進み、床に伸びている久遠を抱き上げ、引きずるようにして外に出てきた。

それに手を貸し、スマホを握りしめたままの久遠の脈を確かめる。脈が速い。顔色も悪いが何とか呼吸はしているようだ。

「おい、航太。しっかりしろ、もう大丈夫だ」

獅子原が頬を叩くと、久遠はうっすら目を開けた。瞳孔が散大しているようで薬物の影響が疑われる。

何てことだと怒りを覚える。それでも、生きていてくれたことに安堵し、誰に対してなのか分からぬままに感謝の念を抱く。

「さ、行きましょう。久遠君、気をつけて」

足もとのおぼつかない久遠に左右から肩を貸す形で歩く。ヘッドライトをつけっぱなしにしていた車に戻るが、この車は後部座席があってないようなものだ。久遠を助手席に座らせるとして、どちらが狭い罰ゲーム席に座るかと考えていると、突如、何者かの気配がした。はっとして、感覚を研ぎ澄ませる。

　二〇メートル、いや三〇メートル。積み上がった産廃の陰になって姿は目視できない。久遠をこちらへ渡した獅子原が弾かれたように前へ出る。同時に腰の特殊警棒を取り出し、盾となるべく立ちはだかった彼越しに、一色は目をこらした。

　緊迫状態は間もなく去り、何者かの気配が遠ざかっていく。

　久遠がこの状態では深追いは禁物だ。まずはここから安全に離れることが最優先だ。そう思ったのだが、ぐったりしている久遠を助手席に座らせようと腐心する一色を尻目に獅子原が元来た方へ走り出した。

「おい」思わず声が出る。

「何、ちょっとした忘れものだ。すぐ戻るさ。待っててくれ」

　コンテナに戻っていった彼は間もなく、レコーダーのようなものを抱えて帰ってきた。

「お？　一色、君、後ろでいいのかい？　その姿勢、君が愛してやまないエレガントにはほど遠いんじゃないか？」

　後部座席で膝を抱え、横向きに座っている一色を見て、獅子原が目を丸くした。

「大変不本意ですが時間節約のため仕方がありません。早く車を出して下さい。但し、この貸しは高くつきますよ」

「ははっ。どうかお手柔らかに頼むぜ」

嬉しそうに言うが早いか、獅子原は車に乗りこみ、月明かりの中、重いエンジン音を響かせると、一気にハンドルを切る。

遠ざかるにつれ、産廃の山が闇に溶けていく。エンジェルストランペットの白い花が無数に揺れていた。

◆

「……航太。しっかりしろ、もう大丈夫だ」

耳もとで烈の声が聞こえた。スマホ越しではない。そして、自分の身体を支えてくれている力強い左右の腕。ああ、本物だ。烈と一色が来てくれたのだと航太は思う。

だが次の瞬間、二人の雰囲気が一変した。筋肉の変化で違和感に気づいたのだ。

朦朧とする意識の中、前に出た烈が特殊警棒を振り出すのが見えた。自分を支えている一色は航太の頭を抱き込むようにして身体ごと覆いかぶさっている。高級なスーツの生地が柔らかく頬をこすった。

何が起こっているのか知りたくて、横目で見やる。

すっと背筋の伸びた烈のダークスーツの背中が月明かりに浮かんでいる様に、まるで美しい守護神のようだと思った。

不思議にも航太は護られる側の気持ちを追体験しているような気分でいる。

二人からは、たとえ何があろうと己と他者を護るという強い気概が伝わってくる。

人を護るというのはこういう覚悟を持つことなのだと思い知らされる気がした。

結局、航太は検査を含めて一日入院した。航太が摂取したあの液体は驚いたことにエンジェルストランペットから抽出したものだった。スコポラミンという物質で幻覚作用があるほか、頭痛や呼吸困難を招き、最悪の場合死に至るものらしい。薬物の影響は多少残っているものの日常生活に支障はないということで退院することができた。

そして今、ようやく戻ってきたユナイテッド4のミーティングルームで、いつになく難しい顔をした烈、そして隣に控える一色と向かい合っているのだ。

「さて、では航太に聞こう。まず、俺の言いつけに背いた理由を聞かせてくれ」

「彼女を護りたいと思ったからです」

結果的に美海に騙され、殺されかけることになったが、それ自体は本当だ。

「なぜ護りたいと思ったんだ？」

「俺には、あの人がストーカーから不当に抑圧されているように見えたので」

烈は天を仰ぎ、なるほどなあと感嘆したような声を上げた。

「なあ、航太。俺が怒ってる理由が分かるか？」

「私が……班長の言うことを聞かず、暴走して、ご迷惑をおかけしてしまったからです」

本当に申し訳ありませんでした、と立ち上がり頭を下げる航太に烈は真顔で首を振り、視線で座るように命じた。

「迷惑だとは思っていない。班員の命を護るのは俺の仕事だからな。そうじゃなくて、俺は自分の読み違いに腹を立てているのさ。まったく、俺としたことがとんだ誤算だ」

烈はやれやれと肩をすくめて見せる。

「俺は、どういうわけか君のことを傷つきやすく壊れやすい、ガラス細工の人形か何かと勘違いしていたらしい。まったくおかしいよな、君は出会った当初からあんなにも無鉄砲だったのに」

ガラス細工の人形？　さすがにそれは理解し難い話だ。なんで烈はそんな風に思ったのだろうと疑問に感じる。

「君、思った以上に頑固だよな」

つくづく感心したように言われ、慌てて姿勢を正す。

「え……あ、す、すみません」

「いや、悪いことじゃないさ。ただな、君。自分の目に映るものがすべてだとは思わない方がいい。世の中、表があれば必ずそこには裏があるのさ。表だけ見てちゃ真実を見誤るぜ？」

「はい……」

「走り出す前に、どうか君のことを心から案じている人間がいることを思い出してくれ」

いつも飄々とした烈の静かな言葉を、航太は絶対に肝に銘じようと思った。

さて、と烈が手を叩く。

「よく帰ってくれたな。唐揚げだ。食ってくれ。この店はなかなかの当たりでな」

一色から熱々の唐揚げの箱を渡され恐縮する。勧められるまま口に運ぶとカリッとした衣の下からじゅわっと肉汁が溢れ出し、苦い涙と混じる。

子供のように無邪気な笑顔で声を上げ、手をべたべたにして食べている烈の隣でウエットティッシュを持った一色がすました顔で待ち構えている姿がにじんで見えた
「そうだ。あの状況でも航太が我が身より心配してた美海ちゃんな、間に合ったぞ。炭疽菌爆弾を頭からかぶらずに済んだそうだ」

「本当ですか。良かった」

ふっと肩の力が抜けた。自分は何とか彼女を護りきることができたのか――。

だが、それは絶対に自分一人の力ではなしえなかったことだ。

思えば、航太はずっと一人で生きてきた。もちろん離れて暮らす母や祖父母はいるし、彼らの支えになってくれているのは間違いなかったが、あそこは航太の家ではないし、彼らにあまり迷惑をかけてはいけないと思っていた。ずっと一人で気を張り続けていたのだ。

あの鏡の地獄の中で見たものが何なのか、今は思い出すのも辛い。思い出そうとすると溺れかけた人みたいに呼吸が戻らず、激しく頭が痛むのだ。

抱え込むにはあまりにも過酷な時間だった。

だが、その実、こんなのは慣れっこのような気もする。一人で痛みを抱えうずくまるのが自分の人生なのだと思っていた。

それが今、こんな風に寄り添ってくれる人たちがいる。どうしようもなく切なくて、泣きたくてたまらなかった。

「君も食えよ。うまいぜ？」

そう言って一色の口に唐揚げをつっこむ烈と、憮然としながらも上品に咀嚼（そしゃく）している一色の姿。

彼らと共に過ごす時間をかけがえのないものだと心から感じる。じわじわと胸に拡がる温かいものの名を知らぬまま、航太は唐揚げと共に噛みしめていた。

◆

「一色、君はどう思う？」

まだ本調子ではない久遠航太を先に帰らせた本社屋上でフェンスにもたれ、ネクタイを緩めながら獅子原が言った。

六月ももう後半だ。屋上で夕陽を見ようなどと酔狂なことを言い出した獅子原に付き合うため、一色も上着は階下に置いてきている。

「例の新聞や週刊誌の切り抜き記事の話ですか？　社長宛に郵送されてきたという」

ん、そうだ、と言って、獅子原は一色にタブレットを寄越した。

スワイプすると一連の事件の詳細を報じるもののほか、週刊誌らしい扇情的な見出しが目に飛び込んでくる。

『医師による連続殺人、訴追されず』

『疑惑の医師　紛争地にて医療援助中、武装集団の襲撃を受け死亡』

『真相は闇の中。遺族の無念晴らせず』

不穏な文字が並ぶ。

「ご丁寧に疑惑段階の第一報から時系列で網羅されてるときた。十年も前の話だぞ。ずいぶんと物持ちがいいじゃないか」

獅子原は唇を尖らせて言った。

「粘着質なものを感じますね」

「だよなあ。そしてそれをウチに送りつけてくる陰湿さだ。まったく性格悪いぜ」

獅子原はあーっあっちいなあと言いながらシャツの第二ボタンまで外し、胸元を寛がせている。

風に乗って高速道路の騒音が流れてくる。

「久遠航太がユナイテッド4に就職したことを知り、我が社に彼の事情を暴露するのが目的なのか、あるいは……」

「だとしたらとんだお節介野郎だが……。そのあるいは、の方だろうさ。ようやく航太を特定したんだ。ヤツらとしちゃあ小躍りしたいぐらい嬉しい出来事なんだろ。逸る心を抑えて記念に何かしたかったってところだな」

獅子原は軽く言うが、これが我が社に対する宣戦布告であることは彼もよく分かっているはずだ。

風が出てきた。夕陽を受けて不敵に笑う獅子原の髪を嬲っていく。

「コトは思った以上に厄介そうだな」

獅子原の言葉に一色は思わず肩をすくめた。

「獅子原班が扱う裏の案件が厄介でないことなんてありましたか？」

「ははは、それもそうだな。ま、今後ともよろしく頼むぜ、水もの魔術師」

「ですからその呼称はご辞退申し上げると」

「じゃあ、時ちゃんとでも呼ぶか」

「もっと悪い」

一色の抗議もどこ吹く風とスラント型のサイドポケットに手を入れ、嬉しげに笑いながら獅子原は出口に向かっている。

彼の隣に並び立ち、夕陽を背に受け一色は大きく一歩を踏み出した。

本書は、「ｗｅｂ集英社文庫」二〇二二年六月〜七月に
配信されたものを加筆・修正したオリジナル文庫です。

安田依央の本

ひと喰い介護

ホテルのような設備と接遇を誇る高級老人サロン。しかしそこは、孤独で裕福な老人たちを誘いこんで逃さない、甘く昏い罠だった――。介護ビジネスに潜む悪を描く社会派ホラー。

集英社文庫

安田依央の本

終活ファッションショー

司法書士の市絵は近所の老人たちの相談に乗るうち、「理想の死装束」を発表するファッションショーを開催することに。十人十色の理想の死装束から、それぞれの人生が見えてくる——。

集英社文庫

集英社文庫

四号警備 新人ボディガード久遠航太の受難

2022年7月25日 第1刷

定価はカバーに表示してあります。

著者 安田依央

発行者 徳永 真

発行所 株式会社 集英社

東京都千代田区一ツ橋2-5-10 〒101-8050

電話 【編集部】03-3230-6095

【読者係】03-3230-6080

【販売部】03-3230-6393(書店専用)

印刷 中央精版印刷株式会社 株式会社美松堂

製本 中央精版印刷株式会社

フォーマットデザイン アリヤマデザインストア マークデザイン 居山浩二

ISBN978-4-08-744411-7 C0193